RELATOS CORTOS
DE
HISTORIAS LARGAS

I0662451

Rebelión Editorial

Relatos cortos de historias largas
Primera edición, año 2016
© de la obra: Rebelión Editorial

Rebelión Editorial
info@rebelioneditorial.com

ISBN: 978-84-945422-4-4

Diseño y maquetación: Rebelión Editorial

Índice

LA EDUCADORA

Francisco Bautista Gutiérrez

La educadora se pellizcó la mejilla con suavidad mientras observaba a los alumnos que permanecían frente a ella tratando sin llegar a conseguirlo, de permanecer quietos.

-Hoy vamos a hablar de nosotros, de la igualdad de oportunidades entre los seres humanos, y no me refiero solo entre varones y hembras, -les dijo la joven y cogiendo una tiza escribió con trazo firme en la pizarra "Todos somos iguales, niños, niñas, negros, blancos, mestizos, indios, enfermos, sanos, hombres y mujeres".....y volviendo a ellos..¿Tenéis algo que comentar?.... No....bien pues os contaré unas historias, unas historias verdaderas.

Los alumnos guardaron silencio y continuaron removiéndose nerviosamente en sus sillas, tratando de mantener la compostura y no dar rienda suelta a lo que pensaban, a lo que habían escuchado en las calles, a lo que se veía fuera del aula, tratando se prestar solo atención a las palabras de la educadora que les iba a acompañar en las próximas dos horas.

TERESA:

-Vamos, levántate....-gritó la mujer a la niña que permanecía hecha un ovillo en la cama, de la misma manera en que se había acostado la noche anterior...-van a venir a recogerte y yo me tengo que ir a trabajar..

-Estoy cansada.

-Tus hermanos ya están en el campo con las ovejas.

-Pero no es lo mismo, yo también quiero cuidar el ganado.

-No puede ser, tú eres una niña y no podrías defenderle de los lobos.

-Si que puedo.

-Ellos son más fuertes que tú.

La niña se sentó en la tosca mesa de madera y se bebió el tazón de caldo que le puso su madre sobre la misma.

-Vamos, llévate el pan, ya viene a recogerte...-le dijo obligándole a salir a la puerta donde se detuvo un destartalado camión con otras niñas como ella.

Apenas podía moverse con el pesado fardo sobre sus espaldas lleno de carbón, a pesar de estar drogada para evitar el miedo, principalmente cuando amarrada a una cuerda era bajada por el pozo hacia el interior de la mina, encorvada y con dificultad para respirar, Teresa se desplaza por pasadizos sin ningún tipo de seguridad, confinada bajo tierra caminando tras una hilera formada por otras niñas, cruzándose con algunas de ellas que sin protección de ningún tipo disuelven mineral con materiales tóxicos, sabiendo que en cualquier instante podría derrumbarse el túnel.

No pudo escuchar las historias de sus hermanos cuando al anochecer llegó a su casa, entre sueños le llegaron las palabras que hablaban de un lobo que en la lejanía vigilaba el puñado de ovejas, la felicitación de su padre por cuidar un bien familiar.....las quejas de su madre cansada y agotada.

-Sigamos...-dijo la educadora- ¿alguna pregunta?

-¿De dónde es la niña?..... ¿y que edad tiene?

-De un país sudamericano y puede ser como tú, nueve o diez años...

Mientras borraba la frase de la pizarra, la mujer se detuvo un instante y miró hacia la lejanía dejando resbalar sus pensamientos, como hizo con la tiza cuando escribió la segunda frase...."Todos tenemos derecho a tener un nombre"....

INDIRA

A su alrededor, las mujeres se movían de uno a otro lado de una manera rápida pero ordenada, a la vez que la iban vistiendo con ropas de llamativos colores.

-No te muevas Indi.

Y le gustaba, le parecían hermosas las ropas y cuando se miraba al espejo sonreía al verse con un pelo totalmente alisado y brillante.

-¡Que suerte tienes!...-escuchaba como le decían a su madre en repetidas ocasiones y le sorprendió el silencio de esta, las lágrimas que le recorrían y que le mojaron cuando la mujer le dio un interminable abrazo, lo mismo que hizo su padre que le aguardaba en la puerta de la casa acompañado de un hombre que se encontraba fuera del coche con una gorra calada, el que le miró con expresión de tristeza cuando salió de la casa y entró en el vehiculo.

-Adiós hija...entra en el coche...-le dijo su padre apretando con fuerza la mano para que no se le cayesen las monedas, el precio de un ser humano, de una niña.

Se mezclan sus recuerdos y sin embargo no puede olvidar ese momento, como tampoco el instante en el que subió al avión y majestuoso se elevó para terminar al cabo de unas horas en una fría ciudad. Y no quiere recordar mas, a sus siete años no puede hacerlo porque las lágrimas acuden a sus ojos cuando piensa en su madre, cuando recuerda los momentos vividos lejos de aquella casa, jugando y aprendiendo en la escuela local en lugar de encontrarse en una cocina, entre fogones y ollas ayudando a una grasienta mujer que al menor error le golpea con saña, durmiendo en un rincón de la misma mientras los señores se jactan de tener muchas sirvientas a las que solo les abonan los gastos de manutención, sirvientes de muy pocos años y que han comprado por unas escasas monedas, criadas con un incierto futuro cuando crezcan y sin miramientos sean arrojadas a la calle....

-Y así sucede con las niñas que son compradas para ser sirvientas.

-Pero hay una ley...-dijo tembloroso uno de los alumnos.

-La hay, pero no siempre es efectiva.

-Si, pero la ley no permite la entrada a los inmigrantes y tampoco se puede trabajar cuando se es menor de edad.

-Hay muchas maneras de engañar a la justicia, y una persona poderosa puede hacerlo con facilidad.

-¿Y que pasa con estas niñas cuando crecen?...

-Ya conoces la historia, cuando no son útiles son arrojadas a la calle sin ningún tipo de miramiento.

-¿Y que hacen?...

-Mendigar, robar....todo lo que puedan para poder sobrevivir......

-Pobres.....

SARA

-Cuándo terminé la carrera –comenzó la educadora a contar en voz baja, suficiente sin embargo para hacerla llegar a los alumnos que le escuchaban atentamente- quise hacer un viaje y elaborar de esa forma un trabajo con vistas al Master que tengo previsto y por eso fui a los suburbios de una gran ciudad.

-¿Qué ciudad?..-preguntó un chico cuando la mujer guardó silencio.

-No voy a deciros donde, pero podéis situaros en cualquier sitio, jóvenes adolescentes existen todo los lugares y la historia de esta chica la conocí cuando comencé a buscar información entre ellos, chicos y chicas como vosotros, con vuestras mismas inquietudes, con vuestros mismos deseos, con la misma necesidad de afecto y cariño que podéis tener vosotros.

-¿Y cuál era su nombre?...

-Podemos llamarla Sara aunque su nombre podía ser el de cualquiera, vivía en un barrio considerado conflictivo por la policía, pero no penséis en él como muy lejano, podía ser cualquier barrio, estar en cualquier sitio y si era conflictivo era porque muchas de las viviendas fueron compradas por personas que mas tarde se trasladaron a barrios mejores y con el afán de sacar dinero fueron alquilando los pisos a personas de todo tipo y a meter en cada piso a todos los que podían, pero también vivía gente que no tenía nada que ver con ellos, lo hacían trabajadores, ancianos, comerciantes, funcionarios, personas que se mezclaban con inmigrantes, drogadictos y maleantes, sin embargo, ninguno de una u otra condición se quejaban de sus vecinos, lo hacían del sistema, de la policía que no vigilaba las calles, de los políticos que no visitaban el barrio para tratar de solucionar los infinitos problemas que había en el mismo..

Sara vivía con su madre y tres hermanos mas pequeños que ella, era buena alumna y aún asi dejó el colegio, su padre les había abandonado hacía mucho tiempo, tantos que ella no acertaba a recordar su rostro y su madre, adicta a la heroína necesitaba continuamente dinero...a los doce años, la puso en venta....si, en venta, no me miréis con esa cara...de una manera soterrada pero en definitiva en venta...

En las grandes ciudades y os hablo de ciudades y no de pueblos porque desconozco si en estos sitios también puede hablarse de estas mujeres que existen, muchas o pocas depende de que el negocio sea mas o menos amplio...mujeres que se dedican a buscar, a localizar a chicas jóvenes con problemas personales o familiares y estas mujeres, que en su mayoría han sido prostitutas tienen ya establecidos contactos, ofrecen a los padres ayuda de una manera desinteresada hasta que una vez han logrado la confianza de ellos, les convencen para que les dejen a sus hijas por una buena cantidad de dinero.

-Eso me suena a película, a cuento para que los niños chicos no se fíen de nadie....-comentó uno de los chicos en el momento en el que la educadora guardó silencio.

-A veces es difícil confundir la ficción con la realidad aunque casi siempre esta es mas cruda que lo que vemos en el cine...-respondió la educadora acercándose al joven que la miró con aire retador.

-¿Y que hacen con las niñas?.....

-Niñas ó niños, aunque la demanda de las primeras sea superior...pues generalmente las encierran unos cuantos de días para mas tarde ser vendidas a algún cliente que está dispuesto a pagar una buena cantidad de dinero para poder presumir de haber estado con una virgen.

-Depravado.....-se escuchó-

-Si...y no penséis que es un colectivo pequeño...son mas de los que pensamos puedan existir.

-¿Y hay un después?...¿Las dejan en libertad?.....

-No, para estas jóvenes es muy difícil que acabe el calvario, una vez que han sido utilizadas son de nuevo revendidas, cada vez por menos dinero...

-¿Y no pueden huir?

-No, son vigiladas constantemente y si alguien intenta marcharse le dan una paliza que sirve de lección al resto, por otra parte casi siempre acaban drogándolas para aumentar su rendimiento y hacerlas dependientas de estas personas.

-Y mas o menos eso fue lo que sucedió con Sara, cuando ya no era un objeto deseado por algunos sibaritas, la mostraban a los clientes que entraban en el burdel, lo hacían a través de un espejo, allí eran comprados sus servicios y obligadas a realizar todo lo que se les antojaba a los que pagaban..

-¿Cómo la conoció?....-preguntó una joven a la educadora que había guardado silencio.

-En un hospital, le habían roto las piernas y después de darle una paliza porque era eso lo que pedía el cliente, la arrojaron a un vertedero pensando que allí moriría, tuvo suerte que un crío buscase entre los escombros y la encontró.

-¿Y que es ahora de ella?...

-A veces la veo, trata de rehacer su vida en una casa de acogida, se está preparando para encontrar un trabajo, y lo conseguirá...le costará pero algún día podrá pensar en lo que le ha sucedido como una pesadilla lejana en el tiempo.

La educadora abandonó el aula, tenía necesidad de serenarse antes de continuar con su conferencia a los alumnos que lentamente, tras ella salieron al exterior para recibir una bocanada de aire fresco, una corriente que les permitiese mantenerse en el pupitre cuando unos minutos mas tarde comenzase de nuevo la mujer a contarle de igualdad de sexos, de las mismas oportunidades para todos, de la libertad como primera regla que tiene que tener el ser humano.

-¿Porqué se dedica más ha hablar de casos de chicas que de varones?....-increpó uno de los alumnos-...¿es que nosotros no tenemos problemas?

-Si, claro que si, pero menos que en el sexo femenino, a pesar de las reivindicaciones que diariamente se hacen, aún no se ha logrado una sociedad justa y libre...-respondió con firmeza la educadora- de todas formas, todos conocemos algunas historias que hemos leído o vivido de cerca y me es igual que sea chica ó chico...¿Queréis contar algo que nos hable de la desigualdad existente entre ambos sexos?...

Tras unos segundos se levantó uno de los jóvenes de su asiento....

-Yo conozco una historia, y no es un cuento ni tampoco la he leído, es real porque pasó en mi barrio.....allí cerca de mi bloque vivía un compañero del colegio, lo hacía con sus padres y tres hermanas...y era raro el día que su padre no acababa dándole una paliza a su madre, llegaba casi siempre borracho, me contaba mi amigo y la madre los encerraba en una habitación, aunque no podían apartar de su cabeza los golpes y los llantos de su madre.....era terrible..me decía, lo único que deseaban era dormirse, escapar de aquellos ruidos.

-Si...-intervino la educadora- escapar, vivir de espaldas a la realidad, eso es muy normal aunque no sea ni efectivo ni conveniente, esos fantasmas siempre perseguirán a tu amigo y a sus hermanas.

-Sabe....cuando me lo contaba, hiciese calor o frío, sudaba por todo su cuerpo, era como si el sol se abrasase aunque fuese de noche.

-¿Por qué no le dejaron?...-preguntó una de las jóvenes.

-Yo te lo digo....es muy difícil, nos resistimos a cambiar y nos agarramos con fuerza a lo que tenemos a nuestro alrededor, aunque sean unas rejas de hierro.

-No me lo creo, si a mi me pegan, yo les mando a la porra.

-Claro, tu lo haces desde tu perspectiva, con otra mentalidad, gracias a Dios, pero llega un momento que se pierde la identidad y en ese instante ya tienes perdida la batalla, comienzas a sentir dudas, a pesar en abandonar todo, pero te domina el sentimiento de soledad y el desconcierto hace mella en tu vida, puede mas que ese impulso a salir corriendo que nos entra, las piernas se hacen pesadas como el plomo y no somos capaces de huir aunque sepamos que a nuestro lado nos acecha un animal salvaje.

-Es cierto...bueno, no con esas palabras, pero cuando yo le preguntaba que porque no se marchaban lejos, se encogía de hombros, la madre se conformaba y aceptaba las bofetadas.

-Si, llega un momento que no eres capaz de rechazar el sufrimiento, aunque la angustia te oprima, pero todo es reparable y aunque el interior sea un desorden absoluto, esa mujer debería de haber luchado para que se reparase su cerebro.

-¿Y que sucedió con tu amigo?

-Pues un día su padre tuvo un accidente y se quedó en la carretera...ellos siguieron aquí pero al final acabaron marchándose...que no lo entiendo porque ya no deberían de tener miedo.

-Tiene su explicación...siempre queda el temo, aunque la paz llegue de inmediato, siempre tenemos miedo a lo que pueda suceder a los recuerdos y esa mujer hizo bien en abandonar todo su pasado...en fin....espero que ella y todas las personas que estén en la misma situación dentro de unos años sean solo historias para poner como ejemplos en las clases que imparta una educadora.....

PODRÍA HABER SIDO...

Blanca del Cerro Gutiérrez

La luz se filtraba por unas minúsculas rendijas practicadas en las paredes transformándose en polvo y esquirlas de aire, como diminutas puntillas volantes, lo que daba al lugar un aspecto un tanto sobrecogedor. En realidad la luz era escasa, casi inexistente, y el silencio se palpaba con la suavidad de los misterios difíciles de descifrar. Ni siquiera se oían los ruidos de la calle porque la sala quedaba totalmente oculta y aislada en el subsuelo de la mansión. Tendría unos cien metros cuadrados. El acceso se realizaba por dos emplazamientos magníficamente situados y perfectamente disimulados: una puerta difícil de distinguir tras una biblioteca del piso superior y a través de las alcantarillas de la ciudad.

La construcción del hogar de la familia Möller se llevó a cabo antes de la I Guerra Mundial, añadiendo una sala subterránea como bodega que posteriormente serviría a modo de protección contra los bombardeos. Era un magnífico refugio. Y allí les gustaba quedarse, respirando silencio y hablando de sus proyectos y de ese espectacular futuro que se presentaba nítido ante ellos. Entre los dos amigos se deslizaba un río de sueños, esos que tantas veces habían comentado y discutido en el colegio, en la universidad, en sus respectivas casas y, especialmente allí, en su particular morada al abrigo de miradas y palabras.

Hans Möller y Samuel Wechsler se sentían exultantes.

La sonrisa de las ilusiones se paseó junto a ellos a lo largo de dos décadas hasta que sin saber cómo ni por qué, la vida empezó a enrarecerse, a teñirse de gris y rojo, a gangrenarse lentamente. Algo extraño se palpaba en el aire, como el fragor de unas voces que habían sonado a murmullo y ahora se elevaban y elevaban cada vez más, una especie de río que comenzara a desbordarse y no hubiera dique ni muro que pudiera detenerlo.

La sinrazón empezó a tejerse en los telares del mundo.

Hans y Samuel intercambiaron opiniones, como siempre habían hecho desde que tenían uso de razón, jurándose eterna amistad sucediera lo que sucediera. Nosotros os ayudaremos, no os preocupéis, yo te ayudaré, aseguraba el primero, tú eres mi amigo y eso va por delante de todo.

Pero era excesivo el torrente que se avecinaba, una tormenta imparable, un caos inconmensurable, por lo que Samuel habló con sus padres y no lo pensó dos veces: decidieron marcharse antes de que el problema adquiriera tintes de desesperación.

La locura empezaba a devorar a Alemania.

La familia Wechsler gozaba de una buena posición y poseía dinero suficiente como para salir de allí cuanto antes y refugiarse en otro país, por lo que decidieron marchar a Estados Unidos, donde la infamia de aquellos seres infectos que ahora les rodeaban no pudiera rozarles. Primero saldrían ellos, sus padres y su hermana, y posteriormente Samuel se reuniría con el resto de la familia.

La vorágine definitiva se desató el 9 de noviembre de 1938 en la Noche de los Cristales Rotos.

El pavor se apoderó de las calles, de los hogares, de los comercios, de los rincones y, especialmente, de los seres humanos, cuya humanidad empezó a escurrirse por las cloacas de la villa. La casa de Samuel fue una de las cientos que quedaron destruidas en esa noche de penumbras y pesares.

No me voy a marchar, Hans, voy a quedarme a luchar contra esos indeseables, tengo que hacerlo, tengo que plantarles cara como sea, no puedo huir, no puedo, ya encontraré personas como yo que deseen lo mismo que yo, y que estén dispuestos a encararse con ellos. Y lucharemos, claro que lucharemos.

Hans y Samuel quedaron frente a frente envueltos en sonrisas tristes, pero sonrisas al fin y al cabo. No te preocupes, dijo Hans, aquí estoy yo para ayudarte, no importa lo que digan los demás, tú eres mi amigo, sea cual sea tu religión o tu raza, y jamás te abandonaré. Aunque te parezca imposible, no todos piensan como esos canallas. Permanecerás escondido en el sótano de casa hasta que todo pase. El refugio es totalmente seguro. Nadie podrá imaginar que en el hogar de unos alemanes de pro como la familia Möller se oculta un judío.

La luz se perdía por las esquinas a la búsqueda de una brizna de cordura y sensatez, y vagaba y vagaba por las junglas de la paranoia sin conseguir encontrarlas.

Hans pensó qué podría hacer un solo hombre contra aquella barbarie repleta de miseria e inhumanidad, terror e inclemencia, pero se guardó sus palabras ante las muestras de valor y coraje de su amigo.

Y el cielo se tornó muy gris, y el aire se cubrió de miseria y podredumbre, como una inmensa garra de angustia que apretara al mundo y no quisiera soltarlo.

En el refugio de la mansión de los Möller, Samuel se debatía entre pensamientos informes en los que no alcanzaba a comprender de donde había surgido tanto horror; pensaba que en realidad sus compatriotas no eran así, nunca habían sido así, y la frase "¿Por qué ahora?" quedaba colgada en el aire; se preguntaba qué había hecho su raza para despertar tanto odio, su padre había sido un honrado comerciante, su madre una persona amable y cariñosa con todos, su familia jamás había tenido problemas. Y en la época actual, con un tinte de espantosa negrura, afortunadamente todos estaban a salvo… excepto él. Hans —ahora perteneciente a las SS— le visitaba con la mayor frecuencia posible, siempre por la noche para mayor seguridad, le mantenía informado de lo que sucedía en el exterior, le abastecía de alimentos y armas. Necesitas armas por si acaso, por si has de defenderte, aseguraba el joven, nunca sabemos qué puede suceder en el futuro. Y el cerebro de Samuel urdía posibilidades y pergeñaba unos planes en los que evidentemente sería impensable actuar solo. No quiero, no puedo quedarme aquí, se decía, mientras los míos están siendo masacrados, no puedo, he de hacer algo cuanto antes, ponerme en contacto con otros seres con las mismas inquietudes y los mismos deseos que yo, porque los hay, de eso estoy seguro, algunos eran mis amigos, tal vez los estén asesinando... No puedo permanecer oculto y con los brazos cruzados, no puedo, no puedo... Necesito un grupo de valientes dispuestos a matar o morir.

Un frío de sombras inertes y blancas se había hecho dueño hasta de los suspiros que saltaban y se escapaban envueltos en lágrimas.

Fue Hans quien, poniendo en peligro su integridad e incluso su vida, consiguió entrar en contacto con varios de los compañeros de Samuel y, en una operación magistral llevada a cabo de madrugada en el más absoluto de los secretos y los silencios, consiguieron reunirse todos en el refugio desplazándose a través del alcantarillado de la ciudad. Formaban un grupo de once personas, ocho hombres y tres mujeres, cuyo número aumentaría seguramente en el futuro. Todos jóvenes, todos judíos, todos sedientos de justicia, todos dispuestos a entregar su vida, a una lucha sin tregua. Y allí permanecerían ocultos hasta que finalizase el conflicto.

Reunidos en la gran sala subterránea, planificaban los pasos a seguir. Debemos parar los pies a tanta infamia, decía Samuel ante su selecto auditorio, no podemos quedarnos quietos, se están llevando a nuestras familias al completo, y nos odian, nos aborrecen, y acabarán con nosotros, esto no puede seguir así. Antes de que esos salvajes sigan adelante, hemos de detenerlos, no podemos permitir que esto continúe. Lo que era evidente es que alguien debía poner freno a aquel previsible desastre. Pero ¿qué hacer? ¿Cómo actuar? La sombra de mil dudas se paseaba entre ellos.

La decisión fue unánime: era necesario atacar cuanto antes. Atacar al enemigo, destrozarle, hundirle, aniquilarle, reducirle a miguitas. Aunque se dejaran la piel en el intento. Era preciso abatirlo. Pero —la gran duda, el grandioso problema, el miedo arrasando los cuerpos— ¿cómo un grupo de once jóvenes podía enfrentarse a un monstruo de tal envergadura? David venció a Goliat y la tortuga a la liebre. Ellos lo intentarían, al menos debían intentarlo, poco a poco, lentamente, mediante una guerra de guerrillas, con ataques inesperados, apariciones y desapariciones relámpago, siempre en grupos reducidos, no más de tres, se esfumarían al instante llevándose por delante a todos aquellos que pudiesen —criminales, malvados, infames— y desaparecerían de inmediato, y los diablos irían reduciéndose sin saber de dónde venía el enemigo y contra quién luchar, porque aquellos seres creían ser dueños del mundo y se vanagloriaban de estar en posesión del poder, de las vidas y de la verdad, y creían estar por encima de la ley, y miraban a los que no se plegaban a sus pensamientos como si fueran gusanos, sobre todo a ellos, los judíos. Y los porqués se perdían por las selvas de la incongruencia, la barbarie y la ignominia. Por esas razones, y por tantas otras que mordían sus entrañas, debían entrar en acción de inmediato.

Nadie sabía los motivos pero, desde el inicio de todo aquel maremágnum de miserias y terrores, las noches se habían transformado en una suerte de lodazal más viscoso y más negro que nunca.

Mediante notas escritas en clave y depositadas en lugares estratégicos, Hans comunicaba al grupo el lugar y la fecha de los siguientes ataques a hogares o comercios judíos en los que él no estaría presente. A primeras horas de la mañana —puesto que ignoraban el momento exacto del ataque— tres de los componentes del grupo se apostaban en lugares invisibles en las proximidades de la zona prevista. Y allí esperaban. Cuando los coches negros a la caza de alguna familia judía hacían su aparición, las ametralladoras abrían fuego, muerte y sombras alrededor, y un fétido olor a miseria, no quedaba un solo testigo de los hechos, salvo charcos de sangre y terror, y cientos de hilos de angustia colgando de los árboles, y los tres valientes desaparecían como tragados por la tierra. La operación no duraba más que escasos minutos. Las alcantarillas recogían sus cuerpos con un único pensamiento en sus mentes desbaratadas: cinco, seis, siete o diez nazis menos sobre la faz de la Tierra. Jamás podrían abatir a todos pero los reducirían, los diezmarían, los irían aniquilando lentamente, como estaban haciendo ellos con su pueblo. Si alguien se levantara a su favor, si alguna potencia los ayudara, si todos se unieran contra los salvajes masacradores... pero el resto de la humanidad permanecía en silencio, bastante tenían con salvarse del horror que se estaba instaurando por el mundo, tal vez fuera esa la razón de tanta humillación, de tanta barbaridad y de tanto olvido. Ellos, los valientes vestidos de coraje, preferían no adentrarse en las mentes de aquella desolación: se limitaban a actuar.

Tras varias incursiones y unas decenas de bajas enemigas sin ser atrapados ni descubiertos, lo cual suponía un verdadero triunfo, decidieron extremar las precauciones ya que los nazis habrían actuado de igual manera, es decir, multiplicando sus fuerzas y sus alertas. Ahora los malvados sabían que unos misteriosos salvadores podían estar acechando en cualquier rincón, atacaban sin piedad y no dejaban testigos de sus actos. Ahora sabían que el pueblo judío no estaba solo. Ahora sabían que cualquier salida al exterior podría suponer la muerte. Lo que no sabían es con cuántos se enfrentaban, ni cómo obtenían información, ni cómo aparecían, ni cómo desaparecían, ni cuándo iban a atacar, ni cuál era su centro neurálgico, si es que existía alguno.

La furia se aposentaba en las filas del Tercer Reich porque alguien oculto y misterioso se resistía a su poder, y eso resultaba algo inaudito. Los dioses de barro y miseria siempre se creen invencibles.

Un día aciago que se desperezó más gris que de costumbre, como si el cielo fuera consciente de que no tenía más remedio que llorar, el comando formando por Aarón, Jacob y Akiba, la más joven de todos, fue atrapado en una emboscada. No consiguieron huir a tiempo. Tal vez fuera el viento, o la lluvia que rebotaba en los caminos, o la voz de sus hermanos que aquella tarde se hiciera murmullo, tal vez fuera el desconcierto o el cansancio o la angustia que se colaba a trozos por las venas, tantos días de lucha y tanta penuria por doquier, desconocían el qué pero algo falló. Y los ojos de aquellos malditos los miraron con una mezcla de odio y alegría en el momento de agarrarlos, por fin, por fin en sus manos, porque los torturarían y los harían hablar, como a todos, pues sabían cómo. Por supuesto que sabían cómo. Pero ellos, los valientes, no dudaban lo que debían hacer. Fue Akiba, la más joven, quien, camino del furgón que les conduciría a las dependencias policiales, se revolvió en un segundo ciego, sacó una pequeña pistola de su bota derecha y en un instante acabó con la vida de sus propios compañeros y con la suya propia. No podían ser atrapados. Lo sabían.

El cielo retumbó durante horas en una catarata de dolor y pena regando los cuerpos de los jóvenes tendidos y olvidados en medio de la calle.

Transcurrieron varios días de silencio. La voz del comando quedó aterida. La tristeza se había apoderado del refugio mientras el frío se colaba por las pieles hasta dejarlas apergaminadas. Pero lo peor era el sentimiento de fracaso y frustración, mezclado con un odio furibundo que retumbaba y retumbaba por todos los cuerpos.

No dejó de llover en toda la noche.

Los nazis buscaron incansablemente el paradero de los valientes, desplegaron sus patas de araña por todos los rincones y extendieron sus tentáculos con la fuerza de un gigante hambriento. Una de las zonas que peinaron fueron las alcantarillas, sin ningún éxito. Probablemente torturarían a centenares de judíos para obtener información de su paradero, pero no conseguirían hallar la más mínima pista porque nadie conocía su escondite salvo ellos mismos… y Hans.

No basta con lo que hacemos, decía Samuel, es bueno, por supuesto, es magnífico eliminar alimañas, pero tenemos que ir mucho más allá, tenemos que acabar con esta ignominia de raíz, y divagaba imaginando lo que en principio parecían imposibles. Al igual que, pese a nuestras precauciones, hemos sido descubiertos en una ocasión, si no actuamos mediante un golpe maestro, tarde o temprano acabarán no sólo con nosotros sino con la totalidad de nuestra raza. Somos excesivamente vulnerables y estamos solos. ¿Qué pretendes? preguntaban los demás con la rabia y la desesperanza subiendo y bajando por sus huesos. Terminemos con él, decía Samuel, con el monstruo, con el diablo personificado, con la hidra de la exterminación. Acabemos con su vida y todo habrá finalizado. ¿No lo entendéis? Por supuesto que lo entendemos, pero lo que estás insinuando es imposible. ¿Cómo vamos…? ¿Nosotros…? Nosotros somos… Nada es imposible cuando hay voluntad. Pero ellos… ellos son… Por mucha voluntad que le pongamos… estamos muy solos, Samuel. Sí, pero somos fuertes…

Todo era oscuridad tanto en el interior como en el exterior.

Durante varias semanas el comando permaneció quieto, aunque no inactivo. Los gritos y los aullidos de la barbarie se elevaban cada vez más altos revolviendo las entrañas de aquellos valientes, y les mordían las almas como si fueran pirañas a punto de ataque. Permanecían en su refugio durante el día y vigilaban, vigilaban siempre, no dejaban de vigilar los movimientos de los indeseables. Tras la muerte de sus compañeros y la conversación mantenida sobre el posible atentado contra el *führer*, todo eran temblores e interrogantes a su alrededor, y sentían como si un ahogo similar a miles de patas de arañas les taponara los poros.

La piel se les erizaba ante el cúmulo de pensamientos y la ausencia de sentimientos.

Hitler había sido objeto de un único atentado hasta el momento, en noviembre de 1923. Ellos serían los primeros en actuar. No ignoraban que el monstruo se encontraba en constante custodia de las SS, que variaba continuamente su agenda, que cambiaba las rutas y las fechas así como los lugares que visitaba, que necesitaban una absoluta sangre fría para llevar a cabo su plan y que la posibilidad de fracaso implicaba la muerte de todos.

En aquella época de heladas y nieves casi perpetuas, el contacto con Hans era mínimo para evitarle cualquier tipo de problema, pero su amigo, de una u otra manera, les mantenía puntualmente informados sobre los principales movimientos de las fuerzas nazis.

Fue así, día tras día, semana tras semana, con la lentitud y la cautela de los susurros, como llevaron a cabo un seguimiento exhaustivo de sus enemigos, tarea que resultó harto complicada dada la escasez de medios de que disponían y la atención continua que debían imprimir a sus actos. Jamás debían olvidar que eran los seres más buscados de la época: por oponerse al régimen, por resistir, por aguantar firmes, por ser disidentes, por ser invisibles y por ser judíos. Y por hacer un daño que nadie, hasta el momento, había conseguido.

La furia de Hitler rebasaba todos los límites.

Y los días se embadurnaron de silencio mientras los valientes preparaban un plan maestro, el que salvaría a su pueblo de la humillación, la tortura y la muerte. No podían precipitarse porque todo debía salir a la perfección.

La fecha llegó aleteando con la aparición de las golondrinas. La luz de la primavera empezaba a filtrarse por la vida, aunque nadie, dadas las circunstancias, se percatara del milagro. Decidieron que el día del atentado definitivo que pondría fin a la vida del *fhürer* y de su imperio de terror sería el 11 de junio de 1939, época en que Hitler se encontraría en la ciudad y pasaría allí al menos una semana entre reuniones, visitas y mítines. Cabía la posibilidad de que el líder cambiara sus planes, como tantas veces había sucedido, pero debían arriesgarse. Elegirían la calle principal por la que pasaría el *fhürer* camino de la cervecería *Hofbräuhaus*, donde daría un mitin y a la que acudiría acompañado de Goebbels, von Ribbentrop y Bouhler, más alimañas, más asesinos, más monstruos. La hora era habitualmente un misterio, ya que Hitler siempre retrasaba o adelantaba sus eventos, e incluso no aparecía o se ausentaba antes de que terminasen.

El plan consistía en un ataque a tres frentes: Samuel —quería tener el honor y el placer de acabar él mismo con el depredador— se apostaría en un edificio cercano y lanzaría una primera granada contra el coche del *fhürer*. Judith, su principal colaboradora, y Sonia, estarían esperando en callejones cercanos y lanzarían asimismo sendas granadas además de, a continuación, disparar incontables ráfagas de ametralladora a la escolta, de manera que no quedase nadie vivo. Eligió a las mujeres como acompañantes porque despertarían menos sospechas.

Con el corazón rebosante y el alma guardada en un nicho de ansiedad, todos los componentes del comando empezaron a trabajar duro: prepararon armas y municiones, estudiaron las posibilidades existentes, recorrieron milímetro a milímetro las calles y plazas por las que pasaría el cortejo, repitieron exhaustivamente sus movimientos, examinaron los edificios, y se prepararon física y espiritualmente para lo que estaba a punto de suceder. Las probabilidades de muerte son muy altas, amigos, decía Samuel con la angustia palpitando en sus arterias, tanto si nos atrapan como si no, por lo que si alguien desea retirarse, puede hacerlo, lo comprenderé, lo comprenderemos todos. Se contemplaron acariciando unos las pupilas de los otros. Nadie dijo una palabra. Y continuaron con su preparación.

La persecución de judíos se iba convirtiendo en una caza negra y sombría a todos los niveles.

La semana transcurrió lenta.

El 11 de junio amaneció un poco nublado, rodeado de un manto de melancolía, como si la jornada no quisiera ser partícipe de los tejemanejes de los hombres. Samuel, Judith y Sonia llevaban un par de días ocultos en sus respectivos escondites. Se cubrieron de paciencia y silencio y allí permanecieron hora tras hora, expectantes, atentos, temblorosos para qué negarlo, vigilando todos los movimientos a su alrededor, aparentemente serenos, aparentemente tranquilos, pero con el alma en un traqueteo continuo. Los edificios en los que se refugiaron habían pertenecido a otros judíos y se encontraban en ruinas, por lo que nadie se acercaría. Toda seguridad, por muy alta que fuera, era una incógnita con los nazis.

El silencio se agarraba a sus cuerpos como un trozo de hiedra mientras los corazones agigantaban sus latidos a medida que transcurrían las horas. La Reindhardstrasse, la avenida por donde pasaría Hitler, tiritaba con ellos por lo que pudiera suceder, aunque nadie lo supiera a ciencia cierta.

Ellos, apostados en la quietud de un día que transcurría con una lentitud arrolladora, se sentían valientes, con el coraje y la furia recorriendo los cuerpos de lado a lado, aunque tenían miedo, mucho miedo. Tal vez, y sin siquiera saberlo, el destino del mundo estuviera en sus manos.

Las horas caían como espectros insonoros.

Teóricamente faltaban pocos minutos para el paso del convoy. Un aleteo de sombras era el único testigo de un terror que se colaba por todos los poros y casi les impedía respirar. Samuel pensaba que los latidos de su corazón descabalado se oirían por todas partes. Los segundos se hacían densos y se arrastraban como caracoles heridos. Transcurrió una hora lenta, y después otra, tal vez Hitler hubiera anulado su cita, como otras veces, o tal vez hubiera abandonado la ciudad, o tal vez había decidido presentarse en otro lugar. Samuel tenía los músculos agarrotados.

Al fondo de la calle casi desierta aparecieron tres coches negros difuminados entre una fina capa de niebla que se estiraba por el paseo. La tensión se percibía en cada sombra. Los coches avanzaron. Los tres componentes del comando agarraron al mismo tiempo las granadas. Los coches se detuvieron ante la cervecería *Hofbräuhaus*. El chófer salió a abrir la puerta del *fhürer*, y en el mismo instante en que Hitler salió del primer vehículo y puso un pie sobre la acera helada por el frío y por tan repulsiva presencia, los tres miembros del comando se levantaron, retiraron los detonadores de las granadas y las lanzaron casi al mismo tiempo contra los tres coches negros.

Los segundos que transcurrieron hasta las explosiones fueron una marea de silencios y pesares.

Los alemanes no se percataron de la emboscada hasta que fue demasiado tarde. No tuvieron tiempo de hacer absolutamente nada.

Una masa de llamas cubrió los coches y los cuerpos entre ayes, gritos y alaridos de furia y desesperación.

Habían sido engañados, ellos, los magníficos, los reyes de la tierra, los dioses del universo.

Las llamas subieron y subieron rodeando todo.

Samuel y sus compañeros agarraron las metralletas para lanzarse contra todos aquellos que quedaran vivos, pero no fue necesario porque la bola de fuego se elevó, se extendió y arrasó absolutamente todo mientras ellos, los salvadores, contemplaban con especial deleite la desaparición del nazismo, del Tercer Reich, de las SS, de la Gestapo, del odio y la ignominia, y de su líder con un sentimiento confuso entre el estupor y la paz.

Un suspiro de alivio recorrió el universo hasta sus confines y una inmensa sonrisa se estiró hasta el horizonte.

Samuel, Judith y Sonia cerraron los ojos mientras las llamas y los cuerpos crepitaban y crujían cantando sonetos de libertad. El corazón invisible de la Tierra palpitaba y palpitaba sin cesar.

Hasta las sombras respiraron tranquilas.

Los componentes del comando jamás llegarían a saber que habían librado al mundo de algo terrorífico llamado deportaciones, trenes de la muerte, limpieza de raza, torturas, experimentos, violaciones y campos de concentración y de exterminio.

Los componentes del comando jamás llegarían a saber que habían liberado al planeta de una masacre y una destrucción sin precedentes en la historia de la humanidad.

Los componentes del comando jamás llegarían a saber que en ese momento habían salvado cincuenta millones de vidas y, entre ellas, las de más de seis millones de judíos.

En ese mismo instante el mundo se convirtió en un gran arsenal de silencio.

HUMANOS

Marco A. Segrelles Novejarque

Verónica era alguien sin importancia, su vida era monótona, sin alicientes. Volvía siempre muy tarde del trabajo, a turnos en una fábrica, cansada, abatida, perdida en sus pensamientos, entregada a la melancolía. Al llegar a casa siempre tenía algo que hacer por muy agotada que estuviese, nada era resultado del azar, la distribución de las tareas denotaba una madura reflexión y un programa estricto.

Aquella noche de invierno terminó más tarde de lo habitual todo aquello que tenía que hacer, sentada en la oscuridad, en el sillón del comedor, escuchaba los ronquidos de su marido, un buen hombre, pero, como casi todos, un inútil total.

Se recostó contra el respaldo, cerró los ojos, estiró las piernas, dejó caer las zapatillas en el suelo. Qué gran momento de paz y tranquilidad. Respiró profundamente y comenzó a perderse en su soledad.

Un murmullo la distrajo de ese estado de paz, primero pensó que eran los vecinos, las paredes eran tan finas que se oía todo, prestó más atención, ni estaban discutiendo ni haciendo el amor. Sintió una pequeña desilusión, se divertía con ambas situaciones, porque después se encontraba con ella en la calle o en la escalera, tan modosita, pero había que escucharla cuando por su boca salían todo tipo de palabrotas en una o en otra situación.

Aquel susurro de palabras provenía de la calle, se acercó a la ventana y miró por los cristales, dos hombres hablaban, parecía una discusión, al principio no reconoció a ninguno, pero unos gestos hicieron que se fijara más. No podía ser, una de las personas de la calle era su padre, tal como lo recordaba, estaba allí con otro hombre en la acera, aunque llevase más de diez años muerto. Tenía que estar soñando, pero su voz era inconfundible, sus expresiones corporales, sin duda, era él.

Corriendo sin ponerse las zapatillas ni ropa de abrigo, solamente con las llaves del piso bajo los escalones de dos en dos como una niña, al salir a la calle no sintió el frio, corrió hacia los dos hombres. La discusión era cada vez más violenta y el desconocido comenzó a estrangular a su padre, Verónica de un empujón los separó, se sorprendió al ver la tranquilidad en el rostro de su padre y el terror en el desconocido.

- Vamos a casa papá.- Dijo Verónica, con toda normalidad, sin darse cuenta de que aquello era imposible ya que llevaba años muerto.

- No lo haga. No sé a quien ve, pero no esa persona, se lo aseguro.- Le gritó el desconocido.- Es un monstruo que toma la forma de nuestros seres queridos para robarnos la vida. Hay que matarlo, me ha destrozado la vida. Es un naulus.

- Está borracho. Lárguese o llamo a la policía.

Entonces, el desconocido sonrió, se veía liberado al fin de aquella pesadilla, salió corriendo, feliz, Verónica y su padre vieron como se alejaba girando a la izquierda. Aquel hombre siguió corriendo, embriagado por la felicidad, por ello no pudo ver el semáforo en rojo ni el coche que lo lanzó unos cuantos metros más allá del lugar del impacto, cuando su cabeza reventó contra el asfalto se mantuvo la amplia sonrisa que se había dibujado en su rostro al huir y poder liberarse.

Subieron al piso, ella solamente hacía que hablar, cuando estaba contenta no podía parar de hacerlo, su padre asentía con esa media sonrisa que tanto le encantaba cuando era pequeña. Ya en la cocina le preparó un café con leche, Verónica encandilada ante su padre le dijo que se quedase con ellos, no habría ningún problema, además al día siguiente ella tenía fiesta y podrían pasar todo el día juntos. Curiosamente, fue incapaz de preguntarle donde había estado o quien era aquel hombre de la calle, era como si, sencillamente, aquellos sucesos nunca hubiesen ocurrido, ni siquiera su muerte.

Fueron unas horas maravillosas hasta el momento en que Verónica escuchó a su marido arrastrar las zapatillas desde el dormitorio por el pasillo hasta la cocina, sintió un poco de temor por la reacción de su esposo. Pero fue increíble.

Al entrar en la cocina, Pablo se llevó la mayor sorpresa de su vida, allí estaba su esposa acompañada por Gloria, su primera novia, estaba tan sexy como siempre, tal como la recordaba, aquello era maravilloso. Además, Verónica estaba increíblemente a gusto con ella, como si fuesen amigas de toda la vida, una pequeña perversión sexual pasó por la mente de Pablo.

Se pusieron a desayunar, era como si lo hubiesen hecho siempre, Verónica y Pablo se sentían tan felices, en cambio, su invitado comenzaba a tener problemas, su especie estaba evolutivamente preparada para tomar una determinada forma según la lectura de la mente de la víctima, tener que mantener dos imágenes y contestar correctamente a sus preguntas le estaba estresando. La hembra humana con su desaforado amor hacia su padre y el macho con sus deseos sexuales hacían la situación cada vez más incómoda, por eso siempre elegían solitarios y débiles, pero aquí se encontraba con dos víctimas perfectas, solitarios, desengañados de la vida. Tenía que pensar para poder tomar una decisión, así que se excusó diciendo que estaba muy cansado y que necesitaba dormir. En apenas unos minutos tenía preparada una habitación. Al fin solo, se relajó, pero, de repente, algo estalló en su cabeza, había cometido un error imperdonable: ahora los dos humanos podrían hablar y darse cuenta que veían distintas personas. Se preparó para huir cuando sintió como atrancaban la puerta, impidiéndole la fuga, una voz sonó al otro lado.

- ¿Queremos hablar contigo? Era Verónica.
- Pero entra tu sola.
- No nos fiamos.
- Me habéis agotado. No tengo fuerzas para nada, solo quiero dormir.

Verónica entró y vio a su padre sentado en la cama con el rostro cansado a la vez que preocupado, ella tenía un poco de miedo, pero venia con una propuesta para el naulus.

- Verás, Pablo y yo por cosas del trabajo apenas si coincidimos en casa. Así que hemos pensado que podías quedarte con nosotros, siempre y cuando fueses ...
- Entiendo.
- Tendrías casa y comida, nadie te podría hacer daño. Es un buen trato, en la calle te puedes encontrar con cualquier loco como el de esta noche.

La verdad es que el naulus no tenía donde ir, desde pequeño había ido de un sitio a otro buscando un hogar, siendo quien no era, engañando a la gente por un poco de comida y de cariño, aquellas personas parecían buena gente, además, estaba tan cansado que aceptó. A ratos sería su padre, a ratos sería Gloria. Cuando se quedó solo en la habitación, se acostó y cerró los ojos. Pese a perder su libertad y convertirse en la mascota de los humanos se sentía feliz.

Aquello que Pablo y Verónica desconocían es que su nuevo juguete se alimentaba de las ondas cerebrales de sus víctimas. Fue Pablo quien más rápidamente comenzó a deteriorarse, probablemente porque su obsesión sexual con Gloria hizo que se consumiese más deprisa su imaginación. Sus fantasías eróticas literalmente le estaban friendo el cerebro. En cambio, como Verónica solamente deseaba compañía, conversación y consuelo, solamente tenía alguna jaqueca de vez en cuando. Al cabo de un mes, Pablo sufrió un infarto en el trabajo y murió en el acto sin que nada se pudiese hacer para salvar su vida.

La muerte de su esposo realmente no afectó mucho a Verónica, se habían querido, pero hacía ya mucho tiempo que ese sentimiento había desaparecido en la monotonía de la vida. Pero ahora tenía a su padre con ella, solo para ella, no tendría que compartir a su visitante con nadie más, Pablo ya era historia.

Los siguientes meses, Verónica se sintió pletórica, era alguien porque a su lado tenía a alguien que se ocupaba de ella, la escuchaba, se reía de sus chistes que siempre habían sido muy malos, es decir, no sabía contarlos, aunque Verónica se empeñase en ello, además le quitaba importancia a los problemas diarios, pero las jaquecas aumentaban poco a poco.

Sin darse cuenta, dejó de ir a trabajar, se quedó con el naulus encerrada en su casa, se sentía también, tan feliz. Se fue consumiendo poco a poco, llegó el día en que ya no podía levantarse de la cama y, como siempre, su padre estaba allí, a su lado, cuidándola, consolándola, solamente él sabía reconfortarla.

El naulus comenzó a preocuparse porque pronto tendría que salir a la calle en busca de una nueva víctima, pero siempre había tenido suerte y en aquella ocasión tampoco le faltó. Una tarde se presentó una amiga del trabajo de Verónica para ver cómo estaba, el naulus, le abrió la puerta, ella vio a su hermano que había tenido que emigrar, fue todo muy fácil para él.

Verónica se quedó sola en su casa, hundida en el silencio y en el dolor, ya sin fuerzas para llamar a su padre, la vida se le fue escapando poco a poco hasta que exhaló su último suspiro. Su vecina, la de las palabrotas, preocupada por no verla desde hacia tiempo, llamó a la policía, estos encontraron su cadáver en la cama, el forense dictaminó su fallecimiento por causas naturales y comentó durante la cena

- Todavía la gente muere por amor, la mujer a la que hoy le he hecho la autopsia perdió a su marido hace unos meses y no lo pudo superar.

Su esposa-naulus asintió con la cabeza y dijo:

- Es tan bonito.

TAXI A DAMASCO

Santiago Asensio Merino

Doy la paz al encargado de la oficina de la compañía de taxis y le digo que queremos ir a Damasco. Me mira despacio, como reflexionando profundamente, sin atreverse a decidirse, como imposibilitado para escoger entre las alternativas que sopesa. Finalmente me devuelve el saludo y nos señala unos bancos en los que está sentado un hombre de cabello rubio que parece vencido por el cansancio de algún largo trayecto. El encargado me dice en voz muy baja, que parece casi un susurro, que aquel caballero también quiere ir allí. Creo que no quiere despertarle. Son las ocho menos veinte de la mañana. Hemos visto cómo el resplandor apagado de la aurora se abría paso entre los edificios tristes de hormigón y el polvo de las dunas de los suburbios. La oficina está en la planta baja de un edificio de oficinas destartalado. No se ven demasiados clientes. Está cerca del cuarto círculo, en una avenida tan carente de alma como el resto de la ciudad pero en la que hay plantadas algunas acacias espinosas que dan un tenue toque de frescor. En Amman bautizan a las glorietas como círculos y los numeran correlativamente de un modo que me invoca el infierno de Dante. Trato de recordar qué tipo de pecadores había en el cuarto círculo pero me falla la memoria. Teóricamente el taxi compartido a Damasco sale a las ocho, pero todo el mundo sabe que saldrá cuando esté lleno. Somos tres, contando al hombre que había llegado antes que nosotros. Falta una plaza por cubrir.

Pasan los minutos y no viene nadie. El zumbido del tubo fluorescente que hay encima de mí me arrulla suavemente. Parece mecer mi conciencia con lentitud y eficacia. Entra y sale gente, pero van todos a otros destinos. Algunos conductores vocean y ofertan la ciudad a la que se dirigen. Por detrás del cristal veo pasar, en dirección a la cuesta que lleva al tercer círculo, a un vendedor ambulante que ofrece huevos cocidos para desayunar. Salgo a la calle, tratando de acordarme qué habían hecho las almas en pena del tercer círculo para merecer su triste suerte y no lo consigo tampoco. Pero sí logro adquirir un par de huevos para mi mujer y para mí. Me entretengo rompiendo meticulosamente la cáscara y guardando los trocitos en la bolsa de papel. Ya hemos desayunado en el hotel, pero es un modo de hacer tiempo.

Con los huevos me ha incluido también dos paquetitos de sal. El sabor de los huevos y, especialmente, el de la sal contribuyen a espabilarme.

Miro el reloj. Las ocho y diez. Consulto a ella con la mirada y pido té al encargado alzando tres dedos. Toca el timbre secreto del lado interno del mostrador y viene un hombre de algún figón cercano con bandeja y tazas. En Jordania, el té se toma en tazas al uso europeo y no en los elegantes vasos en forma de tulipán que usan los turcos. Ello me apena. Pago al correveidile, cogemos nuestras dos tazas y le señalo al hombre sentado en el banco de enfrente que también viaja a Damasco. Luce una barba de tres días. Sin duda alguna, no es jordano. Pudiera ser sirio. Por lo que he leído, algunos descienden de los cruzados y tienen rasgos que les mimetizarían completamente en cualquier país del norte de Europa. Pero la ropa deportiva que lleva indica que es un occidental. Es uno de esos tipos tan guapos que hasta un hombre heterosexual lo percibe y se da cuenta de que debe estar precavido porque es de los que encandilan a todas las mujeres. Toma sorprendido la última taza y me da las gracias con un gesto de la mano. Bebo el té para cambiar el sabor pastoso de la yema de los huevos duros. Echo de menos, como tantas veces, a Turquía, pero ahora estoy en Jordania, así que tras la oleada inicial de nostalgia sigo bebiendo el té que hay allí. Es el que hay en ese momento. Luego cambio de banco para hablar con él.

-Lo mejor sería comprar el sitio que falta entre nosotros tres. Tocaríamos a menos de dos dinares por cabeza. De otro modo, podemos quedarnos aquí toda la mañana. Además, así iríamos más cómodos.

- Tienes razón. Pero no tengo dinero jordano. ¿Te queda a ti? Te pago mi parte en dólares.

Extrae de su cartera unos billetes de un dólar completamente nuevos. Es un americano. De lo contrario, no podría tenerlos así de inmaculados. Hablo con el encargado de la mesita de la entrada que me ha dado antes la paz y ha pedido el té y cierro el trato. Nosotros tenemos dinares de sobra porque volveremos a Jordania después de viajar por Siria. Salimos. Nos ha caído en suerte un conductor taciturno. Dejamos atrás el anfiteatro romano arruinado y los arrabales desastrados de Amman para tomar la carretera del norte.

Nuestro compañero de viaje se llama Randy y es de Nueva York. Nos dice que es periodista y fotógrafo y nos pregunta nuestra nacionalidad y la ruta que tenemos proyectada. Está haciendo un reportaje sobre Siria y Jordania y regresa ahora a Turquía para tomar un avión de vuelta a casa. Debe ser cierto, he visto en el equipaje que ha metido en el maletero una cámara fotográfica de un tamaño desmesurado. Es un tipo de trato muy agradable. Me cae bien, casi en contra de mi voluntad. Normalmente no soporto a esos guapetones porque siempre me suponen una competencia excesiva. Pero tiene una mezcla de bonhomía e ingenuidad que le hacen entrañable. Lo que menos me gusta de él es su nacionalidad. No me parece la más adecuada para viajar por este país. Hace tan solo siete meses que terminó la guerra del Golfo y Jordania ha estado aliada con Irak. Los americanos han bloqueado durante meses su único puerto, en el mar Rojo, para impedir que llegaran suministros a las tropas iraquíes y eso ha provocado carestía de muchos productos de primera necesidad en la propia Jordania.

Randy está sentado junto al conductor y nosotros dos permanecemos en el asiento trasero. Miro por la ventana y solo veo pedregales, matorrales raquíticos y el recuerdo, casi espectral, de una antigua ciudad romana. Nada más ni nada menos. Es un paisaje sin puntos de referencia. Hablamos de otros viajes por Oriente Medio. Mientras Randy cuenta algo sobre Siria, me viene a la mente la habitación en la que dormimos la primera noche en Amman. No había alojamiento en el hotel y el hombre de la recepción nos cedió la cámara en la que dormía a cambio del dinero del hospedaje. Era una habitación de paredes desnudas y un camastro. Lo único que adornaba las paredes desconchadas eran dos posters. El primero era una fotografía de Saddam Hussein regalando un rifle al rey Hussein de Jordania y resultaba vagamente inquietante. El segundo era del mismo Saddam Hussein montando un caballo blanco y daba más bien risa. La población en Jordania está en su mayoría al lado del régimen iraquí y los americanos no parecen gozar de simpatía alguna. Estoy recordando el póster ecuestre cuando oigo a mi mujer preguntar.

-Randy, ¿hablas alemán?

- No, no. Es un idioma muy difícil ¿verdad? No tengo ni idea.

-Sí, a mí no me gustaría tener que aprenderlo.

Normalmente, no tiene ella una apetencia especial a hablar en su idioma. Me doy cuenta de que lo está preguntando porque ha notado que el conductor habla inglés y está entendiendo todo lo que decimos. No nos lo había dicho, el saludo lo pronunció en árabe y no ha vuelto a abrir la boca. Me intranquiliza vagamente. Dejo de contemplar el horizonte vacío, poblado únicamente de soledad, y pregunto a Randy si habla español. No, solo algunas palabras, responde él. Pero, ¿por qué no queréis utilizar el inglés? Los dos lo habláis muy bien.

En ese momento el conductor da señales de vida en inglés y se dirige a los tres:

-No entiendo por qué vais a Siria. Pero tenéis mucha suerte. Estamos a tiempo de cambiar la ruta y enfilar para Bagdad. Es una ciudad mucho mejor que Damasco. Lo único malo es que hace mucho calor. He oído que eres periodista. Harías un reportaje estupendo. Podemos pasar la frontera, yo cruzo muchas veces y tengo amigos allí que arreglarán lo de los pasaportes por una pequeña propina. Luego haremos cuentas por el kilometraje pero la gasolina es muy barata allí y casi os saldría lo comido por lo servido. A ti, además de ponerte en bandeja el reportaje, te puedo presentar a algunas chicas de allí. Son más guapas que las sirias y las jordanas.

Mi mujer palidece. Supongo que yo también. Randy, en cambio, escruta al conductor con creciente interés. Trato yo de tomar la iniciativa cuanto antes.

-Ni hablar. Sigue hacia al norte, por favor. Es lo que hemos acordado en Amman con tu jefe. A nosotros nos esperan amigos en Siria y se alarmarán si no llegamos hoy a Damasco-. Trato de que mi mentira sea lo más convincente posible.

-Los sirios son mala gente. Unos traidores al pueblo árabe. Irak está muchísimo mejor. Es mucho más divertido y hay mejor ambiente. Él no tendrá problemas allí aunque sea americano.

No tengo más remedio que usar el inglés para decirle a Randy que ni se le ocurra atender a lo que dice. Justo antes de la guerra, Saddam Hussein tomó como rehenes y escudos humanos a los occidentales que vivían en Irak. Ahora que los americanos le han derrotado, hace solo siete meses, pero le han dejado en el poder estará de un humor de perros. Es un país peligroso para cualquiera, pero especialmente para alguien con pasaporte americano.

-Tienes una chica allí, en Bagdad, y por eso quieres ir ¿verdad?- pregunto al conductor.

-Eres listo. Sí. Además tiene amigas. Por eso decía al americano que puedo presentarle más chicas. Me apetece verla.

No ha parado en ningún momento pero ha aminorado la marcha. Consulto el mapa. La única carretera que va a Irak desde Jordania parte de una desviación que está a unos quince kilómetros de dónde nos hallamos, en un lugar llamado Al Mafraq. Está en la misma dirección que nosotros llevamos. Si allí decide dirigirse al Este, no encontraremos núcleos habitados hasta la frontera iraquí. Tenemos que convencerle de que continúe hasta Siria. Luego ya no tendrá vuelta atrás porque los pasos fronterizos entre Siria e Irak están cerrados. Lamento mentalmente que no se nos haya unido algún jordano en el grupo. En ese caso ni se le hubiera pasado por la cabeza proponer cambiar la ruta del taxi.

Randy se acerca al conductor con aire de complicidad. No podemos ir ahora a Irak. Esos chicos están de vacaciones, quieren llegar a Damasco y no puedes dejarles tirados. Sería una pasada. Pero si puedes ayudarme a mí o a otro compañero a cruzar esa frontera, déjame tu teléfono cuando lleguemos a Siria. Te pagaremos bien para hacer ese reportaje que dices. Y si además hay mujeres por medio, mucho mejor.

Parece funcionar, anima la marcha ligeramente aunque no responde palabra alguna. Mi mujer y yo nos miramos con alarma, pero no nos decimos nada. No hace falta. Miro por la ventana, para entretenerme durante los quince kilómetros más largos que jamás haya recorrido, y recorro con la vista los matojos espinosos cercanos a la cuneta. Libran un combate espeluznante día tras día con las condiciones del terreno y las cabras para no perecer en aquel secarral. Me parecen admirables.

Sigue conduciendo de frente cuando pasa Al Mafraq y deja a la derecha la carretera que va a Bagdad cruzando el desierto. Su mirada de pena marchita se dirige a la inmensidad vacua que dejamos a un lado. Por un instante comparto el pesar del conductor. Parece enamorado y con escaso sosiego. La chica de Bagdad debe estar realmente bien. Luego siento un alivio casi ciclópeo en su profundidad.

Quedan treinta kilómetros hasta Siria. El conductor acelera. Randy parece entusiasmado por nuestra idea de visitar ese país. Son la mejor gente del mundo, dice. Nunca he encontrado personas más amables y hospitalarias. Parece como si hubiera un concurso nacional para premiar al que sea más atento con los extranjeros. Lo vais a pasar estupendamente. Además, es un buen sitio para hacer fotografías.

Se ven ya las garitas del control de fronteras jordano cuando oigo refunfuñar al conductor entre dientes:

-No creo que sean tan amables como los jordanos.

-Claro que sí, mucho más, responde Randy. Aquí he tenido problemas con algunos, en Amman y en Petra.

-Es porque tú eres americano. Ellos dos no habrán tenido problemas con nadie. Los alemanes no han participado en vuestra guerra y los españoles no sé si lo han hecho o no. ¿Sabes que vuestros tanques han enterrado vivos a los soldados iraquíes en las trincheras? ¡Criminales de guerra! Eran nuestros hermanos y eso ocurrió solo hace unos meses y aún quieres que seamos amables. Te diré algo. Si quieres ir a Irak o mandar a alguien os ayudaré a entrar. Ya verás. Lo haré para que compruebes que Saddam Hussein no ha dicho aún la última palabra.

-El ejército americano no hace ese tipo de cosas. Es una fábula- responde Randy elevando el tono de voz.

Al parar en la frontera, el conductor entrega al americano una tarjeta en la que anota un nombre y un teléfono. Noto al hacerlo que no está acostumbrado a nuestro alfabeto y a nuestros dígitos. Randy guarda el cartón en el bolsillo de la camisa con una sonrisa. Escruto en la cola desordenada a las mujeres saudíes cubiertas de negro de la cabeza, a los pies, a los tipos con cadenas de oro que las acompañan y que intentan sobornar a los guardias metiendo billetes entre las páginas del pasaporte, a los campesinos con barba y sin bigote con mirada perdida y cargados de fardos informes...

Los guardias fronterizos desarman completamente los coches, desmontando incluso los asientos. Estamos esperando que voceen nuestros pasaportes para devolvérnoslos sellados cuando Randy me aborda muy contento.

-Menuda frontera. Es tremendo…. Bueno, parece que no vamos a Irak. Solo ha sido un poquillo de adrenalina. Yo he tenido que venir por mi trabajo pero vosotros dos ¿qué hacéis aquí? La guerra ha terminado hace muy poco. Son lugares complicados.

-Te lo ha dicho él antes. Alemania no ha participado en vuestra coalición y mi país es demasiado insignificante para ser tomado en serio. Tenemos buenos pasaportes y Siria y Jordania son seguros en este momento. Estos países hay que visitarlos cuando se puede porque merecen la pena. No hay que dejar pasar la oportunidad. Son inestables y puede no volverse a repetir. Nos gusta viajar. Una persona que no viaja, es semejante a alguien que tiene un libro y siempre lee la misma página.

Me mira maravillado y balbucea. Esa última frase es genial. ¿Me la prestas? La utilizaré en mi reportaje.

-No sé si es mía. Quizás la he leído o la he oído en alguna parte. Pero puede que se me haya ocurrido a mí. No lo sé. En fin, toda tuya.

-Explicaré que es algo que decís en Madrid.

-Como quieras Randy- Me detengo un momento, midiendo con cuidado las palabras- Lo que te ha dicho de las trincheras y los soldados enterrados vivos pudiera ser cierto. Lo he leído yo también en los periódicos españoles. Se ensombrecen sus ojos y niega lentamente con la cabeza. Buena frase la de los viajes y el libro, amigo mío. No dice nada más.

Por fin, cruzamos la frontera. Dos horas nos lleva todo el proceso. Los aduaneros sirios del último control se ríen al ver nuestra colección de pasaportes porque dicen que el coche parece la ONU y nos franquean el paso. El conductor jordano está enfadado porque los sellos se acumulan en el suyo y ya no caben más en sus páginas. Tiene que sacarse uno nuevo y cuesta un buen puñado de dinares. De vuelta al coche se establecen una serie de conversaciones cruzadas. Randy y mi mujer hablan sobre la caída del muro de Berlín dos años antes. No sé de dónde extrae ella su paciencia. En cuanto alguien conoce su nacionalidad empieza a hablarle del muro aquel. Luego oigo a Randy aconsejar que sigamos camino hacia el norte y no nos quedemos en Damasco porque hay pocos hoteles. Es mejor visitar la ciudad cuando volvamos a Jordania reservando antes una habitación. El conductor se queja amargamente de que los sirios no le dejan coger pasajeros en Damasco para el viaje de vuelta y tiene que volver de vacío a Amman aunque reconoce que los jordanos tampoco permiten a los taxistas sirios cargar pasaje en el viaje de vuelta. Comprará, eso sí, un cartón de tabaco americano en Damasco para pasarlo a Jordania y venderlo allí a mejor precio. Me aconseja que utilice la diferencia del precio del tabaco a la vuelta para regatear el precio del taxi y aproveche nuestra presencia en el coche para que el conductor sirio pueda comprar dos paquetes más y trapichear con ellos en Amman a cambio de un descuento en el porte. Le doy las gracias mientras veo pasar los campos de refugiados palestinos a los lados de la carretera. Al entrar en Damasco se materializan coches de película de cine negro aparcados en las aceras. Aquí están pintados de amarillo.

Llegamos, por fin, a la estación de autobuses. Me despido del conductor con un apretón de manos y me sonríe al despedirse. No me imaginaba que pudiera hacer ese gesto. Va a comprar el tabaco para regresar a casa cuanto antes. Hoy todo el mundo acaba cayéndome bien. Él también. Entramos nosotros dos con Randy en el edificio de oficinas y me llama la atención que las ventanillas y el puesto de información están atendidas por chicas de aspecto impecable en cabello y ropa y vestidas a lo occidental. Me ha contado una amiga que el gobierno quiere apoyar que las mujeres trabajen en las oficinas públicas, nos explica él. Oímos al cruzar el vestíbulo una voz femenina que le llama por su nombre. Una de las chicas de la información, alta y bien parecida, sale de su puesto para plantarle dos besos en las mejillas. Nos la presenta y nos dice que la conoció al principio de su estancia en Damasco cuando vino a preguntar los horarios y que ella le había enseñado bien la ciudad. Randy acentúa su sonrisa al decir esto último.

La chica me da la mano, sé que es un gesto atípico en los países árabes. Siria empieza a gustarme. Me quedo contigo esta tarde, continúa Randy dirigiéndose a ella. ¿Libras a partir de las tres como la semana pasada, verdad? Mi autobús a Estambul saldrá a las once. Pero, antes, indica a mis amigos, por favor, dónde se compran los billetes de los autobuses del norte. Gracias a ellos dos tenemos esta tarde juntos. Sin su ayuda, podría estar yo ahora en Amman esperando que el taxi se llenara.

Luego se acerca a una papelera, rompe en trocitos la tarjeta que lleva en el bolsillo de la camisa y regresa a dónde estamos. Era un perdedor, nos dice. La chica siria no entiende nada pero le sigue mirando con arrobamiento.

EL LOBO LOMBARDO

Alberto Arecchi

Se pasaba nuestro año 735, en la ciudad de Papía, capital del reino lombardo. Era una dulce mañana de primavera. El humo de las chimeneas se levantaba derecho en el aire claro y libre de vapores. Un joven guerrero montaba, lenta y cuidadosamente. Sus ojos eran negros y profundos, como un mar de tinta. Su nariz era fina y aguda. Su cabello largo, enmarcando el rostro, era elaborado en trenzas finas, decoradas con anillos de oro y piedras preciosas. Un collar de dientes de lobo alrededor de su cuello. Su pecho desnudo estaba densamente cubierto de tatuajes, en los cuales se entrelazaban dibujos geométricos con cabezas de serpientes. Montaba un caballo blanco y llevaba con él todo lo que necesitaba. En la parte posterior del caballo, una mochila enorme contenía los paños de escolta y pieles para la cama de vivac. Una piel de lobo negro, colocada con cuidado sobre la mochila, con la cabeza bien en evidencia, indicaba el rango del joven. Wúlfila (lobito) acababa de cumplir veintidós años y estaba ansioso por ir a la batalla, bajo el mando de las fuerzas de asalto ("lobos", de hecho), la preparación de los que era, desde tiempo inmemorial, la tarea de su familia.

Los hombres-lobo eran las tropas de élite del ejército lombardo. Animados por un fuerte espíritu guerrero y poseídos por rituales místicos, tomando estimulantes que les hacían sentirse invencibles, bebían la sangre de sus enemigos todavía caliente y eran capaces de acciones al borde de la locura. Era raro ver a los lobos atacando a la refriega. Ellos actuaban sobre todo en la oscuridad, antes de las batallas. Se arrastraban en los campos, cubiertos de pieles de lobo, con la astucia y las tácticas de sus animales totémicos. Penetraban en las tiendas, degollando a los enemigos en el sueño. Durante los enfrentamientos frontales, su papel era el de perturbar en todo modo las acciones oponentes, con incursiones a los lados, en contra de los campamentos o incluso detrás. Eran expertos en el seguimiento de los enemigos, en reconocer las pistas y los olores, especializados en todo tipo de combate.

El joven guerrero llegó a la puerta de la ciudad, se puso la cabeza de lobo y dejó escapar un aullido. El guardia reconoció la señal y lo recibió con respeto. Wúlfila desmontó y pidió que lo llevaran al Palacio Real. Dos soldados cubiertos con pieles de oso lo escoltaron, abriéndose paso en el mercado ruidoso que ocupaba la plaza a la entrada de la ciudad. A los lados de la calle, columnas y piedras con inscripciones adornaban las ruinas de los templos paganos. En las calles laterales, niños ruidosos estaban jugando con todo tipo de animales de granja: perros, cerdos, gansos y gallinas. Aquí y allá el viejo empedrado fuera preservado. Las casas habían sido reconstruidas varias veces. Los muros estaban sostenidos por robustas vigas de madera y enrejados con yeso de arcilla cruda. Los techos eran hechos en su mayoría de paja. Sólo unos pocos edificios públicos eran hechos de ladrillos cocidos y cubiertos con placas de cobre.

Después de un tramo del pórtico de columnas, salieron en la plaza de la Catedral. A la derecha de la plaza se ramificaba una red de calles estrechas, que daba acceso a la parte trasera del Palacio. Cruzaron el patio más antiguo, con las altas columnas de piedra, construido por el legendario Teodorico, rey de los Ostrogodos. Wúlfila dejó sus armas y fue admitido a la presencia del rey, el gran Liutprando, que desde un cuarto de siglo regía el destino de los Lombardos. El rey estaba sentado en un banco de madera, vestido con una elegancia modesta. Ágil, musculoso y bien cuidado en su apariencia, mostraba en su físico una edad más joven de sus cincuenta años. Emanaba de él el carisma de un gran hombre.

El joven dio un gesto de respeto con la cabeza inclinada y la mano abierta sobre el pecho, y se presentó. El rey respondió al saludo, le invitó para sentarse y preguntó por la salud de su padre, que no veía desde hace algún tiempo. Luego le expuso la situación militar del reino. Carlos Martel, el potente mayordomo de los reyes de Francia, llamaba a todos los reyes cristianos a la "guerra santa" contra la invasión sarracena, que no había logrado detener. Liutprando sabía que no podía confiar en sus aliados. El terreno sobre el que se movería estaba terriblemente traicionero y la única seguridad podría ser una red secreta, capaz de actuar en las sombras y de rendir cuentas sólo con él. El rey quería confiar a Wúlfila la difícil tarea de cumplir con sus hombres una misión en la tierra de los Francos, para preparar la llegada del ejército lombardo.

El joven guerrero aceptó la oferta del rey con el entusiasmo y el impulso de sus veinte años. Él sabía que la tarea sería un gran honor para él y su familia, ni dudaba de poder cumplir con su misión de la mejor manera. Con un mensaje pidió a su padre de preparar los cincuenta mejores elementos de los lobos, en el mayor secreto. Cincuenta lobos, con sus equipos y armas, se movían en pequeños grupos para un campamento junto al río, a poca distancia de la capital, listos para la salida inmediata. Junto con los jóvenes recién formados, Wúlfila también podría contar con tres veteranos, grandes amigos y compañeros de armas de su padre.

En los primeros días del mes de mayo, los cincuenta 'lobos' saludaron los tejados de la ciudad, que se destacaban en la luz del amanecer, y arrojaron a los caballos en la corriente fría del río, para dirigirse al oeste. Desde ese momento, tenían que evitar la propagación de la voz de su paso, y no dejar rastros, ni siquiera en territorio amigo. Se detuvieron sólo en Ivréa, la ciudad de un tío de Wúlfila. Se fueron aumentados en número, porque cinco primos del joven querían unirse al grupo. Los nuevos lobos eran una contribución preciosa. Sus hábitos de caza les hacían expertos de los valles de alta montaña y los ponían en condiciones de atravesar los Alpes con seguridad, sin encontrar problemas. Después de más de un mes de marchas, los lobos llegaron a la vista de la ciudad de Nemáus (hoy en día llamada Arles), fundada por los romanos.

Los moros estaban a las puertas de Narbona. Leales con sus consignas, los lobos estaban confundidos dentro de la población rural; disfrazados, desempeñando tareas serviles en las granjas. En el verano del año 737, la vanguardia del Emir de Córdoba consolidó sus puestos de avanzada en la tierra de Provenza. Miles de bastiones fortificados fueran armados, alrededor de las ciudades principales: Narbona, Árelas, Avenió y la fortaleza de Roazon. La misma ciudad de Nemáus estaba a punto de caer en sus manos. Al norte, los invasores habían llegado a las orillas del río Líger (Loira). El arte y la experiencia en el camuflaje de nuestros lobos dieron los frutos esperados. Conocían todo movimiento de tropas y veían las grandes tiendas de campaña, los pabellones con las banderas verdes del Islam, avanzando en una zona paralizada por mil temores. En esos campos, sin embargo, la noche no eran infrecuentes los asaltos de los lobos, que degollaban en el silencio departamentos enteros. La resistencia de la guerrilla y los ataques nocturnos de misteriosas manadas de lobos asesinos se repitieron a lo largo de ese verano, en toda la Provenza.

Carlos Martel había tratado de repeler a los musulmanes del valle del Ródano, había recuperado Avenió, pero su hermano Childebrando falló en tomar Narbona. Entonces los reyes cristianos se unieron en contra de la amenaza de la expansión musulmana en el continente. Lombardos, borgoñones, bávaros, turingios y visigodos tomaron la llamada y se apresuraron a la ayuda de los Francos. El emir musulmán se enfrentó a una alianza de pueblos germánicos. El rey Liutprando preparó su mejores tropas. Tan pronto como las condiciones climáticas permitieron, se fue a la tierra de Provenza y se dirigió hacia el amplio valle del Ródano.

El ejército lombardo fue al encuentro de las fuerzas enemigas en la llanura que rodea a la ciudad romana de Árelas (Arles). Las encuestas llevadas a cabo por el grupo de Wúlfila permitieron a su rey para colocarse en una buena posición, en lo alto de una ladera, con el sol a sus espaldas. Al amanecer los dos lados estaban listos para la confrontación.

El ejército bereber, en una amplia pinza delantera, era todo un ondear de banderas coloridas, entre las que se destacaban las banderas verdes del Profeta. En el centro estaba el cuerpo de arqueros y honderos, con la infantería de ataque y, justo detrás, la guardia de élite del Emir, un grupo compacto de seiscientos caballeros de armaduras chispeantes y cascos de torrecillas: una visión que intimidaría a cualquier enemigo. En las dos alas, los departamentos ágiles de la caballería ligera magrebí y andaluz, montada en caballos bereberes, rápidos y muy nerviosos.

Los lombardos habían desplegado en las alas los arqueros y la infantería pesada, lenta pero inexorable en su proceder, armada con lanzas largas, alabardas y escudos pesados por su cobertura. En el centro, en la parte alta de la pequeña colina, eran trescientos nobles que habían armado la expedición, con la guardia de élite del rey. Una formación de caballería pesada. Todos eran armados con catafractas, armaduras con escamas de fabricación del Este, que les daban la apariencia de peces de plata amenazantes, en la primera luz del sol naciente. Las banderas del rey, con el águila, el oso y la víbora, surgían en el centro de la formación. En las alas extremas y trasera, había los auxiliares bávaros, visigodos y catalanes, que se habían unido al núcleo del ejército lombardo, en vez de unirse a los Francos, con los cuales nunca habían ligado. Pero aún no se veía la caballería ligera. ¿Donde estaba el célebre grupo de los lobos lombardos, héroes de muchas batallas? Los rollos de los tambores bereberes eran ensordecedores, parecían truenos de una tormenta inminente. Cuando el primer rayo de sol iluminó las praderas alrededor de Árelas, el rey Liutprando levantó su brazo derecho. Los arqueros oscurecieron el cielo con una lluvia de flechas, en ambos lados. Luego cayeron muchos soldados, entre los menos protegidos por escudos y armaduras. Los musulmanes se dieron cuenta de que el sol les hubiera deslumbrado y se precipitaron al asalto de la colina, invocando el nombre del Profeta. Al grito de: "¡San Miguel!" los nobles Arimannos bajaron sus lanzas y se rompieron por la pendiente, como una sola máquina de guerra. El choque entre los grupos de élite de los dos ejércitos fue muy violento.

La batalla duró con violencia indescriptible, durante todo el día. Mientras que los lombardos sostenían el impulso de la frente, todas las demás fuerzas aliadas estaban tratando de evitar que la batalla golpease la ciudad. Volaban en el aire a miles las mortales 'franciscas', hachas francas para lanzar, mientras que la infantería germánica tomaba su formación característica en forma de cuña, cantando antes del asalto.

A última hora de la tarde, la situación era aún incierta. De repente, con aullidos salvajes, una pandilla de hombres lobo, en pequeños caballos rápidos, emergió de las manchas que rodeaban y se rompió en galope en el campo de batalla. Una docena de hombres cubiertos con pieles de lobo, armados con lanzas y scramasax. Para galopar más sueltos, ni siquiera llevaban escudos. Saltando sobre las armaduras de los caídos, se resbalaron en un charco de sangre y extremidades desmembradas, para converger en abanico, como furias, hacia el centro de la formación musulmana, hacia la guardia personal del Emir. Los locos eran conducidos por un joven diabólico, con el torso desnudo, completamente cubierto de tatuajes. Aullaba y agitaba como endemoniado. Fue agitación en la infantería musulmana, que buscó escape gritando: "¡Ash Shaytan! - ¡El diablo!"

El impacto fue furioso, las lanzas de los lobos rompían contra las armaduras de los sarracenos. Bajo los golpes de scramasax, la guardia bereber fue diezmada. El comandante de los lobos saltó sobre el lomo del caballo. Con una pirueta, trajo un fuerte golpe de sable con su scramasax. La cabeza del jeque voló en el aire, a contraluz, en los rayos del sol que comenzaba a declinar. Gritos de guerra saludaron el gesto: de júbilo por los europeos, de ira y desesperación por parte de los hombres del Magreb. La infantería sarracena hizo cuadrado en la plaza y se retiró, ordenada, al redoble de tambores. La masa de los guerreros francos barrió la llanura, para ahuyentar a cualquier nuevo brote de resistencia.

Wúlfila desmontó, recuperó la cabeza del comandante enemigo, se ajustó la piel de lobo sobre sus hombros y se fue caracoleando hacia su rey. En frente de la nobleza lombarda, alzó su trofeo, aulló su grito de batalla a dirección de sus lobos y se inclinó delante de Liutprando. Este, en agradecimiento, quiso imponer en el campo su spatha en el hombro del joven, para hacer de él un caballero del reino. Sólo entonces, exhausto, Wúlfila cayó al suelo. En su pecho se iba ensanchando el charco de sangre de la herida que le había atravesado un pulmón. El joven, agonizando, fue recogido sobre los escudos de sus compañeros de armas.

A la puesta del sol, el enemigo estaba completamente derrotado y los ganadores podían regocijarse por su botín. Los lombardos estaban persiguiendo a los restos del ejército sarraceno, mientras los sirvientes borgoñones, armados con mazas, vagaban por el campo de batalla y acababan con los caídos, para aliviar sus sufrimientos.

Los lobos finalmente pudieron salir, después de un año en la clandestinidad en una tierra extranjera, y eran ellos los héroes del momento. El primer regalo que se hicieron a ellos mismos fue una semana de largas cabalgatas desenfrenadas y agotadoras en los campos de lavanda, arriba y abajo de dunas costeras y marismas de la Camarga, corriendo sin freno en sus caballos ágiles, como en un juego de niños, compitiendo con los vaqueros locales de acrobacias y juegos de habilidad. El segundo, fue la colección de un rico botín para llevar a casa, saqueando posesiones y recuerdos preciados, que llenarían los ojos y cansarían los oídos de quienes los esperaban. Después de un descanso bien merecido, los cincuenta lobos corrieron hacia el este, para despejar el camino y proteger el regreso de su rey. El joven héroe lombardo Wúlfila fue enterrado en una tierra extranjera. Detrás de su casa, en Lombardía, sus padres y hermanos han plantado una lanza, impulsada en el suelo, sosteniendo la imagen de una paloma y una piel de lobo.

CUANDO SER FUERTE ES TU ÚNICA OPCIÓN

Lucía Valencia Arguilea

No voy a mentir, cada letra que tecleo en el ordenador me da muchísimo miedo, me aterra. Por eso voy a intentar sacar mi lado más valiente y espero no arrepentirme en un futuro. O tal vez me comience a arrepentir en apenas segundos. He decidido abrirme sin mentiras, sin censuras en un tema tan tabú para la sociedad actual, sin ocultar nada de un mundo que asusta a tantas jóvenes… Voy a escribir algo sobre lo que nunca me había sentido preparada, quizás aún ni lo esté. Nunca me he creído capaz de hablar abiertamente de ello, y mucho menos de compartirlo por escrito. Pero aquí estoy, con mi café edulcorado y mi portátil reposado sobre las piernas dispuesta a derrumbar mis propios límites. A ponerle nombre y apellidos a mis últimos dos años. Porque aunque mi silencio haya servido durante un tiempo para mantenerme en esa llamada "zona de confort", creo que ha llegado el momento de obligarme a abrir los ojos, de quitarme las gafas de la fantasía, mirar a la realidad con fuerza y decir: hasta aquí. No voy a engañarme más a mí misma, no voy a esconderme detrás de una sonrisa, y por supuesto se acabó el avergonzarme de nada. Porque en esta batalla, ya no tengo nada que perder. Todo lo contrario… en esta batalla, tengo una vida que ganar.

Me llamo Lucía. Tengo 21 años. Una chica normal, con sueños, aspiraciones y metas por cumplir. Bastante sociable, espontánea y extrovertida. Hace cinco meses pesaba tan solo 39 kilos. Soy anoréxica de tipo restrictivo. Tres de cada cien mujeres europeas también lo son. Una enfermedad que se ha duplicado en poco más de diez años. En agosto el informe de mi psicóloga ya esfumaba cualquier duda: Dª Lucía Valencia Arguilea padece bulimia de carácter purgativo y anorexia nerviosa con trastorno obsesivo-compulsivo. "Una chica inteligente y perfeccionista, a la que las circunstancias le han jugado una mala pasada", me comentaba.

¿Lo que yo veo? Una chica lista, pero no brillante. Desde luego, fea. De ningún modo sobresaliente. Una chica sin motivación ni aspiraciones en la vida. Una chica a la que la amistad le resulta difícil y las relaciones con los chicos, casi imposible. Todo sin duda, por su propia culpa. "Sí, soy una mierda. Me quito la ropa y me miro. Mírame. Sí, soy una mierda", esta frase lleva persiguiéndome desde hace un año cada vez que voy a meterme en la ducha.

Desde muy pequeña siempre me ha gustado comer. Me han dicho que era muy buena comedora. Vamos, una glotona por naturaleza. Disfrutaba de cualquier alimento. Nunca me pedían un menú infantil, sino un plato para que yo escogiera como el de los mayores. Mi madre aún lo recuerda con gracia: "La niña no quería pan de molde, ella era pan, pan, pan de verdad". Y mi padre lo sigue plasmando con la misma añoranza: "Desde enana lo ha probado todo, le gustara o no. Hasta comió huevas en la trona sentada". Era de constitución ancha, fibrosa, algo rellenita, no con sobrepeso u obesidad pero siempre con esos "kilitos" de más. Desde joven mi madre me llevó a nutricionistas para aprender a comer bien. Para que me sintiera más segura de mí misma. Para que me terminara de aceptar. Siempre he pensado que en la adolescencia trataba de llenar esa inseguridad con comida. No eran pocas las veces que, silenciosa, acudía de madrugada a la cocina a robar golosinas, bollería y chocolate a escondidas de mis padres. Cuando me quedaba sola en casa mi felicidad era una: toda la cocina para mí sola y sin nadie que juzgue lo que coma. Era mi propio cielo.

Quienes me conocen ya saben de sobra que hace tiempo me adentré en el sufrimiento diario de la anorexia y bulimia. Una etapa muy dura en la que me he perdido yo sola, en la que me dejé comer por una espiral de miedo, soledad y destrucción. Una etapa en la que aun no he aprendido a quererme. Un momento en el que me dejaba llevar por la exigencia, el control y la perfección. En el que yo nunca era suficiente y nunca merecía nada.

Todo exploto cuando me adentré en el "mundo *fitness*" de mi pareja. José era entrenador personal y compartir sus hábitos y rutina laboral con él nos hacía feliz. O le hacía feliz. Todavía hoy tengo dudas. Con el tiempo, creo que confundimos la vida sana con ciertas exigencias desmesuradas y superficiales. Él tenía unas inquietudes y gustos físicos que yo no alcanzaba, y creo que nunca llegaré a alcanzar. Ahora sé que no quiero alcanzarlos. Fue entonces cuando llegué a creer que mejorando físicamente solucionaría todas mis inseguridades y encontraría esa aceptación que siempre he buscado. Cuando me di cuenta que la comida era lo único que podía controlar al cien por cien. Empecé con dietas y entrenos normales supervisados por José, pero con el tiempo fui restringiendo más y más alimentos…hasta llegar a contar cada caloría que comía. Si me hubiera respetado a mí misma y comprendido que una persona nos debe querer por cómo somos, creo que la situación se hubiese frenado mucho antes.

Empecé a controlar de forma obsesiva lo que ingería. Lo curioso era que quería dar la imagen de comer sano delante de mi entorno y luego llegaban los famosos atracones. La culpabilidad me perseguía cada día y cada noche. El baño se había convertido en el lugar donde pasaba más horas. No recuerdo que día vomité por primera vez, pero sí como me sentí. Llevaba un par de semanas intentando vomitar. Me asusté porque siempre que había devuelto era por estar enferma, pero la sensación de vacío y control me gustó, se apoderó de mí. Me costaba mucho vomitar y tardaba aún más pero poco a poco mi cuerpo se fue acostumbrando. Siempre tenía excusas "Voy a darme un baño", "Uy, cuántos pelos. Necesito depilarme", "Voy a secarme el cabello". Todo valía para pasar más de seis horas diarias encerrada entre esas cuatro paredes. Empezó siendo con los atracones y acabó convirtiéndose en rutina después de cada comida. Ya controlaba hasta los buches de agua que debía tragar para facilitar el acto. Cuando la sangre apareció, mi mente activó la alerta definitiva. Entonces juré no volver a ese infierno.

Decidí cambiar la estrategia y empecé a anotar cuidadosamente lo que había comido cada día, y lo que merecía comer al día siguiente. Cada vez era un poco menos. Y así, en un abrir y cerrar de ojos perdí veinte kilos en menos de tres meses. Pero no solo perdí peso... perdí la sonrisa, el brillo en la mirada, mi carácter risueño, mi seguridad y las ganas de vivir. "No tengo hambre, ya he cenado fuera, comí demasiado a mediodía..." se convirtieron en mis mejores amigos. Hasta cinco días sin apenas comer... a base de rodajas de piña. Sentía culpa de comer, de verme al espejo, de todo. Empecé a obsesionarme más que con mi peso, con la perfección que yo quería alcanzar. Inocente de mí al pensar que era yo quien controlaba la anorexia y no la anorexia a mí...

Ya no podía ni dormir. La cabeza me iba a estallar. Calorías, grasas, hidratos, aceite, deporte... se encargaban de tener a mi mente bien ocupada cada segundo del día. Me sentía tan cansada como obsesionada con la comida. Siempre cenaba demasiado, siempre quería llorar, siempre tenía frustración. Aún me sorprende haber logrado aprobar los exámenes de junio. Sigo sin entender como conseguí afrontar tanta información con tan pocas fuerzas. Cómo pude retener tantos datos en la memoria y a la vez luchar contra esa voz suicida llamada anorexia. Supongo que mi personalidad exigente tuvo mucho que ver con esto.

En esta etapa mi tendencia era, y a veces sigue siendo, tratar de darle una respuesta a todo, conseguir de manera inconsciente una explicación que me justificara y alimentara mi propio autoengaño. Sabía que no estaba bien. Sabía que cada día me sentía más triste, más ansiosa o deprimida, que nada me llenaba como antes. Que ya no era feliz. Pero nunca lo vi venir de frente, nunca lo vi llegar de manera tan clara ni tan directa. Yo alimentaba mi propia mentira y me lo creía. Siempre encontraba excusas que servían para creerme mi propia realidad. Además, por diversos factores y situaciones de la vida me vi inmersa en un ambiente que me hizo aún más débil y vulnerable, hasta que el trastorno me atrapó silenciosamente. Se atrapó de aquella Lucía tan risueña como picona, tan segura como graciosa, tan soñadora como guerrera. ¿Sabéis lo que es no ser capaz de quererse, de aceptarse y sentirse sola y perdida?

Con este texto no pretendo ni quiero mostrarme como una víctima porque no lo soy. No soy víctima de la vida. Soy responsable de la mía. Aquí solo estoy yo. Yo sin saber gestionar mis emociones, sin saber identificar mis preocupaciones, sin saber cómo manejar la realidad y sin querer pedir ayuda. Pero no soy víctima ni culpable. Sólo soy yo con mis circunstancias.

Después de meses de silencio decidí dar un primer paso y mostrarle mi realidad a mi entorno más cercano. Tuve la suerte de contar con apoyos incondicionales que identificaron la voz de la alarma y comencé a recibir tratamiento psicológico. Yo ya lo notaba, de poco me servía la terapia conductual. Era enseñarme a nadar con la sonda atada al cuello. Pero el control sobre la comida seguía hundiéndome hacia lo más profundo. Y un par de consejos por semana no me iban a sacar a la superficie ni iban a sanar mi herida. Mi problema no era el trastorno alimentario, todo esto iba más allá. ¿Qué vacío intentaba llenar con el control de la comida? O mejor, ¿Qué parte de mi vida intentaba silenciar autocastigándome a mí misma? "Te estás muriendo y no eres consciente, estás perdiendo tu vida y te da igual. En cualquier momento tu corazón se puede parar", fueron las palabras más duras que oí de los médicos. Es la peor etapa que sufrí con esta enfermedad que engancha, como una adicción. Cada vez queremos más y más. Por nada del mundo salimos de esta zona de seguridad: el control de la comida. Nos pensamos que con la delgadez lo podemos controlar todo, que cuanto menos pesemos más nos querrán e incluso que nos llevará a la felicidad. Según baja el peso, sube la autoestima ideológica. Este camino de perder peso es el más cómodo. Pero el más difícil de superar.

La comida pasa a ejercer un papel de "metáfora", a la cual nos agarramos para no sentir. Restringir alimentos es lo mismo que restringir todo aquello que pueda provocar cualquier sentimiento en esta vida. Es privarse de muchas cosas, vivir a medias… Nunca olvidaré aquella escena en el Carrefour con mi madre. Ella sólo intentaba comprar un paquete de arroz integral para que yo, en casa, pesara la cantidad que quisiera y comiera algo que me diera energía. No os podéis ni imaginar lo grande que se hizo ese paquete de arroz y lo vulnerable y diminuta que me sentía ante él, un monstruo que me hizo estallar a llorar en aquel pasillo del supermercado.

Empezaron los problemas digestivos. Las deficiencias cardiovasculares, los mareos, los desmayos y la bradicardia. Más de seis meses sin regla. La tensión por los suelos. Las hormonas femeninas en cero. La testosterona por las nubes. Podía sentir que mis huesos eran débiles. Mal carácter, caída imparable del pelo, debilidad en las uñas, crecimiento del vello corporal… Al final, decidí acomodarme en mi papel de enferma en lugar de enfrentarme al problema. Yo misma era incapaz de verlo y menos aun de reconocerlo. Cualquier intento de hablar de la enfermedad, acaba en discusión y malas formas. Me convertí en una chica lista, capaz de engañar mucho y muy bien. Me sentía vacía y muy sola, cosa que agravaba más aun la enfermedad. Dejé de quedar con gente, me encerré en mí misma, en mi mundo de calorías, ejercicio, dietas, báscula…Es una enfermedad que te lo quita todo. Perdemos amigos, familia, pareja… pero sobre todo la alegría de vivir y el querer hacer cosas, nos vemos sin futuro. Y es que al final, los desórdenes alimenticios te sabotean la identidad. Una persona no es anoréxica en su relación con la comida, sino con todos los aspectos de su propia vida.

Hubo momentos en los que pensé que el corazón se me iba a parar definitivamente, pero no podía ignorar a esas voces que me decían "no comas". Aun me cuesta recordar aquellos episodios en los que llegué a autolesionarme, no logro entender cómo se puede sentir tanto odio hacia uno mismo…

Entonces apareció mi madre. A pesar de todo lo que he pasado, creo que nunca comprenderé lo duro que tuvo que ser para ella. El ultimátum llegó en el coche, camino de Fuengirola, llegando a aquel centro de recuperación: "Aunque seas mayor de edad, un juez puede obligarte y requerir tu ingreso involuntario. O cambias o no voy a quedarme quieta viendo cómo pierdo a una hija". Mi reacción inicial ya la imagináis: una niña pequeña a la que le acaban de quitar su caramelo. Mi mundo fantasioso y el control sobre mi vida se desmoronaban. Una rabieta en toda regla. En ese momento no entendía por qué aparecía de repente si había estado tanto tiempo retirada del campo de batalla. Ahora lo veo claro: entonces ya no había batalla, la enfermedad había ganado la lucha.

Decidí armarme de valor, comencé a perderle el "miedo" a ciertos alimentos. Bueno, en realidad aún no he perdido el miedo, sólo intento taparlo con otros pensamientos: "Mi cuerpo necesita esto", "Estaré más guapa con unos kilos más"... Pero siempre dentro de mi zona de confort, siempre tratando de comer "sano". El caso era comer, no poner límites a las cantidades y nutrir a mi cuerpo....

Y así, tonteando con la comida, entre ataques y mucha ansiedad conseguí coger 11 kilos en poco más de dos meses. No tenía otra opción. O comía o mi carrera se veía afectada. O cambiaba o sentía que la vida se me iba de las manos. "Mi futuro vale más que una enfermedad", pensaba. Nadie confiaba en que lo consiguiera, pero una vez más mi autoexigencia sirvió de gran ayuda. Esto lo escribo con 48 kilos. Sin embargo, la cura no es ni mucho menos cuestión de un número ni de peso físico. Es como si tienes una herida infectada y la tapas con un parche sin desinfectarla. Tal vez acabe sanando, pero costará años hasta que deje de estar infectada. Tal vez necesite ese chorreón de alcohol que te vaya a doler y escocer hasta ver las estrellas, pero que consiga sanarte desde lo más profundo.

Entonces aparecieron mis nuevos amigos: los atracones de comida. Fue pasar de lo malo a lo peor: Comer sano era mi escape para contrarrestar cómo me sentía. Esto desencadenó en una situación límite. ¿Sabéis lo idiota que se siente una persona capaz de comerse diez manzanas y toneladas de tomate al día? ¿De atiborrarse a cafés, lechuga, chicles e infusiones para tener la tripa llena? ¿De sentirse culpable por comerse diez biscotes integrales?.... Imposible de entender, ¿verdad?

"No quiero recuperar más peso. Así estoy bien. Estoy recuperada. Ya no me siento cansada ni débil, así que déjame en paz". Quería autoconvencerme. Pero mi cabeza sabía que aún quedaba mucho camino por recorrer. Lo sabía cada vez que me veía reflejada en el autobús y se me saltaban las lágrimas. Cada vez que me sentaba y mi mente me echaba tres tallas más encima. Cada vez que entraba en una tienda pedía esos vaqueros en la talla M y la dependienta no daba crédito y me miraba con cara rara. La misma cara que tenéis que tener al leer esto. Seguro.

Actualmente sigo luchando con todas mis fuerzas, mi corazón y mi todo. Lo he aceptado abiertamente y compartido con mi entorno. Soy guerrera y luchadora. Sé que no es algo fácil, ni rápido, ni exento de dolor, pero sé que hablando de ello, identificando mis emociones y apoyándome en los míos ya tengo más de la mitad del camino recorrido. Hay veces que todavía siento las voces de la anorexia, solo he tenido que aprender a ignorarlas. Está claro que no voy a salir del todo sin ayuda profesional, pero también sé de lo que soy capaz, por todo lo que he avanzado y logrado por mí misma.

He sufrido, he llorado pero siempre me he levantado ante cualquier adversidad. Y aquí sigo a pie de lucha rodeada de la gente que cree en mí y mis capacidades. Tengo que admitir que aún se me hace difícil esta lucha constante, que a veces me canso y digo "ya n puedo más" pero siempre hay alguien a mi lado que me recuerda que sí puedo, que merezco una vida de felicidad y me da las fuerzas necesarias para seguir luchando.

Después de tantos meses odio y desprecio a mí misma hoy ya no puedo más. Quiero aprender a amarme sin condiciones. A respetarme. A ordenar mi mente, gozar de buena autoestima, a sentirme relajada, a saber valorarme aunque mi entorno no siempre lo haga. A escucharme, mimarme y cuidar de mi misma. Quiero aprender a disfrutar de la vida, de cada matiz que nos ofrece, de cada uno de sus instantes. Reenamorarme de mí misma y de mi entorno. Estar feliz, radiante y loca por disfrutar cada experiencia y cada momento. Respirar. Notar la tranquilidad. Vivir un auténtico renacer. Estoy segura que todo eso ha estado siempre dentro de mí y sólo me queda derribar el muro mental que me he construido.

EL MUNDO LIBRE DE SUFRIMIENTO

Sandra Carrillo de Fuente

Tenía cinco minutos para cenar antes que comenzase la Emisión. Sin apenas inmutarse, Lena se levantó de la cama y se dirigió al otro extremo de la minúscula habitación. Tocó en el punto exacto de la pared y un proyector apareció del techo. Seleccionó el menú de comida y se desplegaron los hologramas de los siete alimentos que disponían en el Mundo Libre: pan, arroz, huevos, patatas, pasta, champiñones y judías. Se decantó por su favorito, arroz con huevos, y casi al instante, una portezuela se abrió en la pared allí donde había tocado antes. Sacó su sabrosa cena y se sentó a comer encima de la cama mientras esperaba a que diese comienzo.

Le gustaban las noches de Emisión porque aprendía de los humanos que vivieron antes del Gran Desastre. Ella y todos sus coetáneos conocían que el conflicto y el sufrimiento habían reinado en los corazones de los

Antiguos y también en sus actos. Por poco extinguen toda forma de vida en el Planeta incluidos ellos. Lena se consideraba afortunada, ya no había nada que causase guerras ni dolor pues no tenían cabida en el Mundo Libre ni en las personas que lo habitaban.

Apenas dio el último bocado notó la emoción que recorría su cuerpo. La Emisión estaba a punto de comenzar y prometían que lo que verían esa noche iba a ser muy especial y nunca proyectado antes. Sin duda sería divertido, todo lo contrario a lo que acostumbraban a ver en las proyecciones de los Antiguos.

- Buenas noches queridos habitantes del Mundo Libre. - Dijo el holograma del presentador Rickman proyectado desde el techo. - Feliz CCXXXVII Aniversario de la Reagrupación que puso fin al dolor, al deshonor y al horror que gobernaba la vida antes del Gran Desastre. Nosotros, los nuevos seres humanos, los supervivientes de ese terror, hemos trabajado duro para sobreponernos a todo aquello que se atreva a volver a llevarnos cerca de la extinción. Como saben, fue gracias a ese afán de supervivencia que la II Presidenta Marjorie Patel inventó La Máquina. Con sólo ponernos las gafas, ella nos traslada a caminar en los pies de numerosas personas a lo largo de la Historia. Fuimos y sentimos como Napoleón y también como Julio César. Caminamos entre los escombros de Hiroshima y sobrevivimos a un campo nazi. Hemos mirado a la inmundicia humana de frente y aprendimos lo que la causa solo para desterrarla de nuestra sociedad. Pero hoy, hoy va a ser diferente. Viajaremos a una época que nunca habíamos experimentado a través de La Máquina. Hoy volveremos al pasado, a uno muy, muy reciente. Por favor, den un gran aplauso al ex Presidente del Mundo Libre Robert McAeron.

- Gracias, gracias a todos por su bienvenida. - Dijo el holograma de un anciano sonriente que aún se sabía apuesto.

- En unos momentos gracias a su generosa disposición, todos podremos vivir su vida tal y como usted la sintió. Incluido el instante en que fue elegido Presidente del Mundo Libre. Contésteme ex Presidente, ¿cómo recuerda sentirse aquel día?

- Pues verá Rickman, tras mi elección fui a celebrarlo al Laboratorio de Diversión donde la fiesta fue de escándalo. Disfruté tanto que lo único que recuerdo fue echarme a dormir nada más llegar a mi habitación. Va a ser toda una experiencia vivirlo de nuevo.

- ¡Qué ganas tenemos de vivir esa celebración que tan pocos hombres y mujeres han vivido! ¡Qué privilegio nos ofrece esta noche! Antes de comenzar, recordarles a todos que después de la Emisión podrán registrar sus preguntas que serán discutidas en el posterior coloquio. Ahora por favor, colóquense sus gafas de visionado y prepárense para reír y bailar a través de la vida de uno de los humanos más prominentes de nuestra época, el XLV Presidente del Mundo Libre, Marcus McAeron.

La proyección suponía un giro total en la programación que sin duda se debía a la pérdida de popularidad que había ido sufriendo la Emisión a lo largo del tiempo. Este nuevo enfoque pretendía recuperar la confianza de los habitantes del Mundo Libre y, lo cierto es que a Lena, como a todos, las imágenes consiguieron atraparla desde el primer instante. Era fácil sentir lo mismo que McAeron cuando niño y corría detrás de la pelota o leía un libro de aventuras. Se notaba la euforia que le recorrió el cuerpo en su primera visita al Laboratorio de Diversión y los nervios del primer día destinado en el Laboratorio de Seguridad, tal y como si estuviese ocurriendo dentro de ella. Disfrutaba la vida de McAeron, la entendía y estaba llena del mismo placer y felicidad que tenía la suya.

Lena estaba embobada con lo que sentía cuando una imagen captó su atención y la sacó de su ensimismamiento. Esa misma mañana, mientras McAeron elegía su desayuno, el proyector le había mostrado los hologramas de los siete alimentos disponibles para todos los habitantes, además de un octavo que no habían visto antes: una bola roja y brillante con aspecto delicioso.

La expectativa de probar algo nuevo resultaba estimulante para un paladar de sólo siete sabores, y, pese a lo extraño que eran las circunstancias del descubrimiento, Lena se dejó llevar por la curiosidad, eterna amiga del impulso, y registró una pregunta: "Señor McAeron, ¿dispone usted de un alimento de más?".

Lena, convencida que su pregunta saldría elegida, no podía parar de mover las piernas. Estaba segura que pronto podría llevarse ese manjar a la boca y, si así sucedía, su pregunta habría merecido la pena. Diez minutos más tarde paró en seco cuando las palabras que había registrado fueron pronunciadas por Rickman.

La expresión de McAeron cambió de inmediato. Frunció el ceño y su boca se torció en una extraña mueca que a Lena se le antojó familiar. Unos segundos después y al ver que no respondía, Rickman le formuló la pregunta de nuevo. Esta vez McAeron torció el cuello y susurró algo ininteligible a alguien fuera de cámara, volvió a mirar de frente y dio las buenas noches con su sonrisa más cándida antes de abandonar el plató. Lo último que escucharon en el Mundo Libre antes de la interrupción de la Emisión fueron los gritos de McAeron maldiciendo al programador.

La mañana siguiente la alarma dio los buenos días al Mundo Libre pese a que la mayoría de sus habitantes aún no se habían despedido de la noche. Un mal augurio había ido saltando de calle en calle y de almohada en almohada hasta que no hubo nadie que no sintiera sus entrañas removerse.

Lena no era ajena al nudo que estrujaba sus pulmones y que no le dejaba respirar, pero tenía que acudir a su destino como recepcionista en el Laboratorio de la Libertad VI y quedarse calladita. Los rumores sobre desapariciones siempre habían circulado. Unos decían que eran cuentos, otros que esos tiempos ya habían pasado y una minoría afirmaba tener pruebas. Lena, que sabía lo suficiente, prefería no tener opinión sobre las habladurías.

El reloj marcaba las ocho y media cuando dejó su habitación. En el descansillo, los vecinos esperaban en fila a que llegara el ascensor. Se colocó la última y observó los mismos trajes y uniformes sin arrugas que llevaban todos los días, mas había algo diferente pues todos lucían desmejorados con sus hombros caídos y sus miradas perdidas.

El ambiente en la recepción no era mejor. En cinco años en el destino era la primera vez que reinaba el silencio. Nadie se atrevía a romper esa tensa calma. Todos se sentían igual aunque no lo apreciaba nadie más que Lena, quien notaba la sensación en todos pero no entendía qué era ni cómo se llamaba.

Todo cambió a las doce en punto cuando una Emisión inesperada interrumpió la tranquilidad que el silencio simulaba concederles.

- Buenos días ciudadanos del Mundo Libre. - dijo la Presidenta Fung. – Hoy, 23 de Febrero es un día que será recordado como el día del Presidente McAeron, quien anoche decidió acabar con su vida arrojándose desde la azotea de su edificio. Hace sólo unas horas todos caminamos a través de su vida en sus mismos zapatos. Quizá su último regalo era dejarnos comprobar cuán divertida fue su andadura desde el principio. Pero el final no puede ser menos, así que desde este momento se celebrarán fiestas por todo el Mundo Libre con motivo del Adiós al Presidente McAeron y se prolongarán hasta dentro de tres días. Recuerden, en la muerte como en la vida el sufrimiento no tiene cabida. ¡Que lo disfruten!

Las palabras de la Presidenta dieron paso a una ovación, después vinieron las risas y los vítores en recuerdo de la vida de McAeron. La alegría de la muerte se había llevado todo rastro de la opresión que les atenazaba el pecho desde anoche y que no les había dejado dormir. Ahora podían respirar, disfrutar del ruido, celebrar y olvidar en el Laboratorio de Diversión más cercano. Era todo lo que importaba.

Lena rehusó todas las invitaciones que le llegaron, incluso mintió a pesar de estar abolido. Daba lo mismo que se dieran cuenta que era distinta. La pregunta le había mostrado que en efecto lo era pese a que nadie más lo hubiese averiguado aún. Lo mejor sería alejarse del bullicio y encerrarse en su pequeña habitación donde nadie molestaría y podría calmarse.

El camino no se le hizo fácil, no hay manera de esquivar la alegría donde el sufrimiento ha sido enterrado, por eso sintió alivio cuando vio su edificio al doblar la esquina. En el portal se cruzó con un grupo que salían dando tumbos mientras cantaban el himno del Mundo Libre. Lena luchaba consigo misma por olvidar y disfrutar como ellos pero lo cierto es que no era capaz.

Sujetó la puerta a los borrachos mientras salían, se acercó al ascensor, pulsó el botón y esperó a que se abrieran las puertas. En el momento que lo hicieron, sus ojos, reflejados en el espejo, le devolvieron la mirada con un singular brillo que había visto en los ojos de muchos humanos en lugares y circunstancias diferentes. Lo reconoció en los ojos de McAeron la pasada noche y en los de todo aquel que se cruzó esa mañana; sin embargo el lugar donde recordaba haberlo visto más veces era en las miradas de los Antiguos a través de la Emisión.

La libertad solo tiene un camino era la primera oración que aprendían a escribir los infantes del Mundo Libre. Una única solución para recuperar la libertad y eliminar todos los problemas humanos: abolir todo aquello que se atreviera a causar sufrimiento. Lena no tenía escapatoria. Tal vez nunca nadie se acordara de lo sucedido o quizás ya estaban a su búsqueda. Poco le daba, su curiosidad había aflorado el sufrimiento en el Mundo Libre. Tal vez los demás podían olvidarse de la pregunta, de McAeron y hasta de la amarga noche en vela, pero ella no. Lena nunca podría huir de sí misma.

El sol brillaba sobre su cabeza mientras se subía al muro de la azotea del Edificio L111. Era extraño pero hacía tiempo que no se percataba de lo agradable que era sentir la brisa en la cara. Nunca le sobraba tiempo en su ajetreado día de diversión programada para tomarse un respiro y sentir, solo sentir, la inmensidad de las pequeñas cosas. Estiró los brazos y sonrió mientras se dejaba caer. Ahora lo entendía. Nunca había sido tan libre ni se había sentido tan viva.

LA ETERNIDAD ERA ESTO

Alfredo Moreno Vozmediano

La primera vez que burlé a la muerte yo tenía ocho años. Lo recuerdo bien. Era de noche. Estaba en casa, viendo la tele con mis padres mientras cenábamos algo. Quise ir al baño, pero de pronto sentí un pánico atroz ante la idea de aventurarme por el pasillo. No se trataba del temor infantil a encontrar un monstruo al volver la esquina del pasillo, sino de algo mucho más definido, un zarpazo en la boca del estómago, la certeza de que una criatura insensible al dolor, muda y ciega, acechaba en silencio al otro lado.

Le pedí a mi madre que me acompañara. Ella estaba cansada después de todo el día

bregando entre el trabajo y la casa, pero aún así accedió, refunfuñando algo sobre la imaginación de los críos. Dejé que caminase delante de mí. El corazón me palpitaba a toda velocidad. Yo aúnno sabía lo que nos esperaba tras el recodo, claro. Como digo, fue la primera vez. Pero estaba seguro de que era algo terrible. Lo notaba aquí, entre el pecho y el estómago, como se nota una astilla clavada en la piel.

Cuando mi madre se acercó a la esquina, yo me rezagué aún más. Mi instinto me decía que debía hacerlo, que debía alejarme de ella si no quería que lo que fuera que acechaba me alcanzase también. La buena mujer pulsó el interruptor de la luz. No puedo decir mucho de lo que ocurrió a continuación. Hubo un ruido muy fuerte y caí de espaldas, y luego recuerdo humo, gritos, gente corriendo, y unos tipos que me encaramaban en una camilla y me miraban el interior de los ojos con unas linternas diminutas.

Salí del hospital dos días después, con algunos rasguños por todo el cuerpo y tres puntos de sutura en el lugar donde mi cabeza había golpeado la pared, pero por lo demás ileso. Media casa quedó destruida por la explosión de gas. Al parecer, debía de haber una fuga en la instalación y el chispazo producido al accionar el interruptor de la luz, o tal vez el filamento incandescente de la bombilla, produjeron la inevitable deflagración. Mi madre murió en el acto y todo el mundo, sobre todo mi padre, no dejaron de murmurar en los días y meses siguientes, con lágrimas en los ojos, que yo había tenido mucha suerte, mucha suerte, mucha suerte. Pero yo sabía que no había sido suerte.

Volvió a ocurrir cuando tenía doce o trece años. Estábamos visitando a mis tíos de Madrid. Caminábamos por la acera de la Gran Vía en dirección al Paseo del

Prado, e íbamos a cruzar por un paso de cebra. Mi tío cogió a mi primo Alberto de la mano. Alberto tenía casi mi edad, pero mi tío seguía tomándolo de la mano para cruzar la calle. Yo metí las manos en los bolsillos para evitarle a mi padre la tentación de hacer lo mismo. Visitar Madrid, acostumbrado a la indolencia tranquila de la vida en el pueblo, lo ponía tenso y era muy capaz de hacer cosas como aquella. El semáforo se puso ámbar para los vehículos y en ese instante lo volví a sentir, claro e inequívoco, como si la explosión de gas hubiese sucedido unos minutos antes: la muerte me aguardaba de nuevo en aquel paso de cebra, paciente e implacable.

Tal vez esta vez también se conforme con otra víctima, pensé. Tuve que tomar la decisión en solo un par de segundos, lo que el semáforo tardó en ponerse verde para los peatones. Mi tío y mi primo comenzaron a caminar y yo cogí a mi padre por el brazo y le dije: «espera». «¿Qué pasa?», preguntó él. No supe qué responder. Estaba cambiando las vidas de mi tío y mi primo por la mía y, quizá, la de mi padre. No me malinterpretéis: no lo hice con gusto. Yo apreciaba a aquellas dos personas, pero, ¿qué otra cosa podía hacer? Mi padre tiró de mí. «Vamos, hijo, se nos va a poner rojo». Lo sujeté con más fuerza. «No, papá, espera, ¡espera!». Me miró sin comprender.

Debió de ver algo en mi expresión, algo que lo asustó, porque dejó de tirar. Entonces se oyó el frenazo, y el golpe, y luego los gritos.

Miramos hacia el cruce. La gente se arremolinaba en el asfalto. Mi padre se puso de puntillas, intentando ver algo, pero yo no necesitaba asomarme para saber exactamente lo que había sucedido.

Desde aquel día mi padre sospechó algo, pero nunca me lo dijo. Supongo que él mismo no estaba seguro. Cómo puedes estar seguro de algo así si no has experimentado la certeza absoluta de que la muerte te espera al otro lado de la calle, paciente, silenciosa. Fue una época difícil para los dos, pero salí de los terremotos de la adolescencia orgulloso de mi don. Un don un poco siniestro, de acuerdo, pero también muy útil.

A partir de entonces, la muerte comenzó a buscarme con más encono. Parecía molesta porque la había esquivado dos veces. Me buscó en el instituto, cuando Morales se cayó por el hueco de la escalera por culpa de aquella barandilla mal atornillada al muro. Me buscó en el equipo de fútbol, pero yo fingí sentirme indispuesto para no jugar de portero el día en que la portería se desplomó sobre la cabeza de Bermúdez, el suplente. Me buscó incluso dentro del aula, pero yo me había cambiado de sitio para hacer el examen de matemáticas, y gracias a eso la placa de falso techo que se desprendió no me alcanzó a mí sino a una compañera.

Empecé a tener fama de gafe. Algunos me tenían lástima, y otros me temían y me rehuían. No se lo reprocho, desde luego. Yo hubiera hecho lo mismo. No es que me sintiera bien enviándole a la muerte todas aquellas vidas a cambio de la mía, pero, poco a poco, nació en mi interior la idea de que aquella habilidad que se me había regalado me hacía especial, más importante, más poderoso, y que no usarla supondría un sacrilegio imperdonable.

Incluso me atribuyeron algunas muertes con las que no tuve nada que ver. Mi padre, en sus últimos días, me preguntó si tenía que decirle algo acerca de la tía Margarita, que cayó fulminada por un infarto en nuestra sala de estar mientras se atiborraba de polvorones, pero le aseguré que era inocente. Él mismo murió, para mi alivio, a causa de su enfermedad.

En mis tiempos de universitario aprendí a disimular. No me interesaba que se descubriera mi secreto y que alguien empezase a husmear. Me imaginaba que médicos sin escrúpulos o la inteligencia militar estarían muy interesados en penetrar en los secretos de mi cerebro si averiguaban lo que podía hacer.

La naturaleza de mi don me hacía evitar el contacto prolongado con las personas. Siempre resultaba menos turbador enviar a la muerte a un desconocido, o a alguien que conocías solo de pasada, que a un verdadero amigo. Pero, ¿qué falta me hacían los amigos? Tenía algo mejor: la llave de la inmortalidad.

Un día mi instinto me persuadió de que fuera caminando a la facultad en lugar de coger aquel autobús atestado. No hubo supervivientes. Cuarenta y tres personas murieron en mi lugar.

Supuse que la muerte estaba enfurecida porque alguien se le resistiera con tanto ahínco. Sus golpes se estaban volviendo más despiadados, pero yo siempre me libraba sin demasiado esfuerzo, y eso, problemas de conciencia aparte, me hacía sentir poderoso, casi indestructible.

Ese aura singular empezó a revestir todos mis actos. Era una persona especial y empecé a actuar como tal. Encontré un buen trabajo en una importante multinacional que no nombraré y mis superiores se dieron cuenta enseguida de ello (bueno, no todos; hubo un subdirector que me trataba con fría corrección, al menos hasta que sufrió aquel desafortunado accidente). Escalar puestos en la jerarquía fue fácil, entre mi talento, mi capacidad de trabajo y mi visión de futuro.

También ayudaba, no hay por qué negarlo, que más de un competidor sufriera infaustas desgracias.

Fue por esa época cuando mi vieja enemiga estuvo a punto de vencerme. Me preparó una emboscada a lo grande. Iba de camino al trabajo, enclaustrado en el atasco matutino, cuando la sentí abalanzarse sobre mí como una maldición bíblica. Supe que tenía que salir de la autopista enseguida, pero estaba tan atestada que no pude mover el coche del lugar donde me encontraba.

Percibía como ella se aproximaba. Yo no era más que un insecto en una trampa. Me apeé del Mercedes con un puño aferrándome las tripas y corrí como un loco entre los demás vehículos. La gente me miraba sorprendida, pero ni siquiera les presté atención. Subí un terraplén, como guiado por una brújula interna que me indicaba el camino de la salvación.

Apenas había llegado arriba cuando la tierra tembló. Enormes grietas se abrieron en el asfalto y un puente que cruzaba la autopista se desplomó casi de inmediato. Cayó sobre un camión cisterna y se produjo una explosión que me derribó en el suelo. Cuando pude levantarme, estaba aturdido y tenía la ropa y el pelo chamuscado. Olía a gasolina y a carne asada. La autopista era un agujero negro de cascotes y metal fundido.

Terremoto de 5,3 grados en la escala de Ritcher, dijeron las noticias. Daños materiales de escasa consideración, excepto ese puente en construcción sobre la M-50 que se había derrumbado, provocando la explosión que se había cobrado la vida de casi doscientas personas.

Solo yo sabía la verdad. Sabía que ella había provocado la catástrofe para cazarme.

Después de eso, la muerte no dio señales de vida durante un tiempo. Quizá incluso ella se avergonzaba de lo que había hecho.

Decidí que, a partir de entonces, tenía que procurar estar siempre en lugares donde hubiera mucha gente: gente que pudiera usar como moneda de cambio si ella volvía a buscarme, gente con la que saciar su sed de vidas humanas. Así que empecé a quedarme por las noches en la oficina, en uno de los rascacielos de la Castellana. Viajaba siempre en transporte colectivo, y si cogía el coche lo hacía por carreteras concurridas. Apenas dormía, temeroso de que ella viniera a buscarme durante el sueño y mi don no pudiera despertarme a tiempo. Fueron tiempos difíciles.

No tener amigos ni familia, vivir en la oficina y padecer insomnio son los elementos constitutivos perfectos para triunfar en el mundo empresarial. Pronto fui el miembro más joven del consejo de administración y empecé a codearme con el auténtico poder, y no me refiero al político. La muerte regresó, como una antigua conocida, en su forma más amable, liquidando a las personas de una en una, lo que instauró en mi vida una suerte de rutina balsámica y me ayudó a hacerme un puesto en los centros de toma de decisiones, quitando de enmedio a los inoportunos competidores. La gente me dispensaba un trato a medio camino entre el temor y el respeto.

Como digo, la muerte parecía haberse civilizado un poco después de la masacre en la autopista, pero yo no bajaba la guardia. Suponía que era cuestión de tiempo que la crueldad de sus arrebatos volviera a dispararse. Así, mientras incrementaba sin cesar mis posesiones inmobiliarias y los ceros de mi cuenta corriente, transcurrieron décadas relativamente tranquilas, en las que iba dejando un reguero de accidentes detrás de mí, salpicadas de algunos ataques feroces que se traducían en matanzas infames de inocentes. Sobreviví a inundaciones, accidentes aéreos, atentados, huracanes y erupciones volcánicas. Una vez incluso lanzó un satélite artificial contra mí. Falló, por supuesto.

Tuve que cambiar mi residencia varias veces para no centralizar todas las desgracias en un solo lugar. Por aquel entonces, yo acumulaba tal cantidad de poder y dinero que sentía que el mundo se me quedaba pequeño. Podía despertar en Pekín para un desayuno con el ministro de comercio y acostarme en Washington tras una cena con el director del FMI, y en ambos lugares me sentía como en casa, porque mi hogar no era ninguno. Me recibían por igual banqueros, príncipes del petróleo y presidentes de gobierno.

Durante un tiempo la muerte me abandonó, como si estuviera tramando algo, y supe qué era una mañana al notar la vieja sensación de desaliento y de peligro inequívoco. Pero ahora el peligro no lo percibía fuera sino dentro. Tardé algunos días en comprenderlo, días de angustia como no había sentido nunca. Por fin, visité al mejor médico que pude encontrar y le insté a que me hiciese un chequeo completo. Todo estaba bien, me dijo, pero yo lo obligué a buscar otra vez, a buscar con más ahínco en las profundidades ignotas de mi organismo. Me miró por arriba y por abajo, por dentro y por fuera. Me hizo todas las pruebas imaginables, hasta que me dijo que había encontrado algo, nada de que preocuparse, una fruslería, una cosita diminuta, un pólipo insignificante que había que mantener vigilado por si crecía y degeneraba en un tumor, y que entonces se extirparía y asunto concluido.

Le insté para que lo hiciese de inmediato, a que me sacase de las entrañas aquella cosa, y él me dijo que era demasiado pequeño. Lo persuadí con una buena suma de dinero.

Cuando salí del hospital, la sensación de peligro había desaparecido. Sonreí mientras mi chófer me abría la puerta. No, tampoco iba a poder sorprenderme así mi vieja enemiga.

Enrabietada, la muerte se cebó ese invierno con las ciudades por las que yo pasaba.

Terremotos, olas de frío o de calor, las epidemias de gripe más graves que se recordaban, revueltas violentas de las minorías oprimidas, concentraciones enfermizas de gases contaminantes, enfermedades tropicales que viajaban por todo el mundo. Nada me afectaba.

Cuando la muerte llegaba yo ya estaba en otra parte. Las víctimas debieron ser miles, tal vez millones. Había dejado de llevar la cuenta. No tenía sentido.

El tiempo transcurrió y yo seguí huyendo sin llegar nunca a ningún lugar. Envejecía mientras se desmoronaba el mundo, sin que los años dejaran en mí más huella que algunas arrugas y achaques benignos. Acumulaba poder, dinero y sabiduría. En los foros, comisiones, consejos y centros de poder, públicos o privados, reclamaban mi presencia. Y yo, en mi afán por estar siempre solo pero rodeado de gente, acudía ávido de vidas inocentes.

La mañana de mi centésimo cumpleaños me levanté en un estado de serenidad absoluta. Era la primera vez que eso de sucedía desde hacía décadas. Sonreí. Casi había olvidado como hacerlo. Solo después de un rato comencé a inquietarme no porque percibiese la cercanía de la muerte, sino precisamente porque no lo hacía. ¿Dónde se había metido? ¿Qué estaba ocurriendo?

Salí a la calle con mi mejor traje y me encontré la ciudad en ruinas. Una niebla gris que olía a humo recorría las calles llenas de cascotes y vehículos abandonados como conchas de viejos crustáceos. Miré a un lado y a otro y supe que estaba solo en un cementerio del tamaño del mundo. No sentí asombro, ni siquiera una pizca de curiosidad. Hacía tiempo que no sentía ninguna otra cosa que no fuera miedo, pero ahora incluso el miedo se había ido.

La busqué por las calles. Grité sus nombres. La llamé a voces entre las ruinas. Pero ella no vino. Se había cansado de mí. Me dejó aquí, en este desierto de metal y hormigón, condenado a vagar como un espectro por toda la eternidad.

SIN TIERRA NI HORIZONTE
Juan Salvador Piñero Ruíz

"Todos saben que Odiseo naufragó, por el camino de regreso, permaneció nueve años en la isla Ogigia, donde no estaba más que Calipso, antigua diosa"

((Hablan Calipso y Odiseo))

CALIPSO : Odiseo, nada es muy distinto. También tú como yo quieres detenerte en una isla. Lo has visto y padecido todo. Acaso un día yo te diga lo que he padecido. Los dos estamos cansados de un gran destino. ¿Por qué continuar? ¿Qué te importa que la isla no sea la que buscabas? Aquí jamás sucede nada. Hay un poco de tierra y un horizonte. Aquí puedes vivir siempre.

Cesare Pavese <DIÁLOGOS CON LEUCÓ>

La nieve es el silencio blanco que viaja por la llanura, un silencio ardiente que quema hasta la médula de los huesos. Porque el frío no es una ilusión. Se introduce hasta el último pliegue de su piel y va quemando el aire.

Ese aire negro y viciado que respira. Hugo trató de esquivar sus aprensiones y se dijo a sí mismo que, si seguía por esos derroteros, solo conseguiría hacerse cada vez más débil y accesible. Recordó que una vez estuvo en el límite, pero fue capaz de superar

la circunstancia agobiante que le imponían. Y llegó tan lejos que su alma se llenó de esas sensaciones que nunca antes había experimentado. Los ojos llagados, el sabor de la nieve en los labios, y el desierto blanco abriéndose paso hasta el horizonte por entre las colinas rechonchas y maltratadas.

En realidad, era como un niño, un niño mimado y consentido que pasó toda su vida rodeado de ternura. Se detiene en la encrucijada, bordeando la senda que baja hasta las primeras casas de la aldea, y no sabe que camino escoger. Habla con su corazón, trata de averiguar si es realmente importante, porque si una decisión que ya había tomado antes lo llevó hasta allí, *¿qué sentido tenía volver a decidir?*. Como sus manos, que buscaban una caricia. Caricias sobradas que tantas veces despreció y que ahora trataba de conseguir a cualquier precio.

La niebla se deshacía en espesas hebras gelatinosas y las chimeneas liberaban pesados crespones negros que ascendían lentamente sobre los tejados de las viviendas aisladas y dispersas. Cuando llegó al porche de la primera casa estuvo a punto de entrar sin llamar -como hubiera hecho en otro tiempo-, pero sabía que se había convertido en un extranjero en su propio hogar. Habían pasado tantos años que, si entraba por sorpresa, lo confundirían con un extraño que intentaba sacar provecho de una rápida rapiña. Llamó con los nudillos helados, golpeando directamente sobre el viejo entablado de la verja de madera que daba acceso al patio interior. Advirtió que, en una de las ventanas, se había movido una figura con cautela. Alguien vigilaba desde la penumbra de esa habitación. Volvió a golpear la puerta y, después de unos segundos que le parecieron eternos, escuchó pasos detrás del portalón y movimientos premonitorios de la aldaba que anunciaban que estaba a punto de abrirse.

–*¿Quién es?*, preguntaron desde el otro lado.

–*¡Hugo!,* respondió, dando por sentado que reconocerían ese nombre.

–*¿Hugo?*

Se quedó pensativo un instante, intentando identificar esa voz. Hasta que el portón se abrió y una figura apareció ocupando el hueco de la entrada.

–*¡No conocemos a ningún Hugo!* Gesticuló con desprecio. Y experimentó un desagradable malestar en la boca del estómago, se sintió derrotado y quebrantado al ver el singular espectro que acababa de abrir la puerta. Un ser indefinible que mantenía su enorme cabeza en una posición abominable e imposible que impedía adivinar las formas del resto de su cuerpo.

Ese individuo, que lo miraba incrédulo y pasmado, era

una aberración de la naturaleza, pero había algo en la expresión de sus ojos que recordaba de otro tiempo, de otra época.

−*¡Creo que me he perdido! Venía por la comarcal y me desvié por una pista de tierra, buscaba una salida en dirección a Lucerna.*

−*¿Lucerna?*, preguntó sorprendido. Sus ojos miraban de soslayo, con desconfianza. Se ocultó en la oscuridad y se apoyó en la pared, como tratando de proteger su integridad física de un ataque fortuito. *¡Ese pueblo ya no existe! Lo hundieron, cuando la presa*, terminó, sentenciando con aplomo para aumentar el carácter trágico de este acontecimiento.

Y él, confundido e incrédulo, intentaba asimilar sus palabras mientras escuchaba con atención: *¿su pueblo había desaparecido?* Seguramente, el otro percibió esa inquietud y pasados unos segundos se mostró más cortés e interesado por el transeúnte. El cabello le caía grasiento sobre los hombros y tenía el pecho esquelético y hundido.

−*¿De dónde viene?*, preguntó.

−*¡Barcelona! Dejé el pueblo hace veinte años y no he tenido noticias de la familia.*

−*¡Es difícil de aceptar! Llevo mucho tiempo viviendo aquí y todavía no me acostumbro a este paisaje tan distinto.*

Incluso, a veces, oigo las campanas de la iglesia, sobre todo la mañana de San Juan. ¡Ese día se escuchan por todo el valle!

Aminoró la velocidad para asegurarse un margen de reacción en caso de derrapar, pero el estado del piso mejoró y decidió acelerar un poco: quería llegar al pantano antes del anochecer.

Cuando aparcó el coche y comenzó a descender por la senda boscosa, le costó situarse, a pesar de que conocía bien ese paraje. Por suerte, las indicaciones que el espectro le había dado eran acertadas y no tardó en orientarse convenientemente.

Al llegar a la orilla del lago, la perspectiva de la torre del campanario que estaba viendo, superó todas sus expectativas. Un enorme bastión de piedra oscura surgía de la mansa superficie de las aguas, apuntando con su afilada aguja hacia el cielo. Las percepciones al acercarse de nuevo, después de tantos años, a esas ignotas ruinas eran indescriptibles, una mezcla de premoniciones, de caóticas advertencias, de preguntas sin respuesta.

Atajó por el lecho fluvial de cantos rodados y cruzó un viaducto casi seco hasta llegar a la explanada de limo que se extendía ante esa mole monumental. El tiempo parecía detenido, como si hubieran pasado cientos de años desde que alguien se atreviera a pasear por aquel apartado y olvidado lugar. *"El agujero de las estrellas"*, así llamaban de niños al boquete que se abría de lado a lado, horadando una cueva que comunicaba los dos accesos a la torre. Un laberinto de aire que conectaba con el infinito.

Indagó acerca del auténtico motivo de su presencia allí y se sintió abrumado al experimentar el paso de los años. Solo eran las cinco y media, pero la luz de ese atardecer se quedó difuminada en una neblina húmeda y opaca. Por un instante, dejó de pensar, y comenzó a recorrer mentalmente las calles de su pueblo, desde la Iglesia por la escalinata de piedra, hasta la plaza mayor, y desde allí, pasando por la panadería y la finca del lechero, hasta la casa de sus padres. Abrió la recia puerta y entró en un cobertizo destartalado donde recogían a los animales por la noche; justo al lado, la vieja cocina con el fogón de piedra, y al final del pequeño recibidor, las otras dos habitaciones que completaban la estancia. Se asomó a la ventana -desde su imaginación- y descubrió el paisaje de su niñez, los prados que se extendían colina arriba, hasta llegar a los primeros sauces que crecían en el recodo del riachuelo. Y evocó el sonido de las hojas batidas por el viento y el leve transcurrir del agua que corría libre entre las piedras de la cañada en la época de deshielo.

Poco a poco, fue recuperando esos sonidos de su infancia, los recuerdos de la escuela, los amigos, la imagen de los animales a la entrada de la casa, sobre aquel suelo plomizo de tierra machacada y aplanada. Y encontró a su madre, de pie, junto al fogón de leña, con la sartén ennegrecida, los boniatos asados sobre las brasas incandescentes, y todo era tan real, que no pudo evitar ofrecerse en un cariñoso abrazo. Y se fue acercando a la laguna, adentrándose en las aguas hasta los tobillos, con los brazos extendidos y las

manos abiertas. Hasta que sintió el aire gélido y húmedo que salpicaba su conciencia, y miró hacia la profundidad de abismos infinitos, las primeras gotas de lluvia, enormes y plomizas, dibujando enormes círculos concéntricos. Y entonces se vio allí reflejado, un rostro esperpéntico que tenía la expresión del individuo que había conocido hacia unas horas, y comenzó a oír los tañidos de las campanas de la iglesia cercanos y precisos, como cuando el pueblo existía sobre la tierra.

Y ese sonido hace vibrar su alma de una forma muy distinta. Era un sonido perdido y apagado que durante unos instantes lo hundió en el infierno, y mientras caminaba por los pasillos de su memoria, se dio cuenta que no estaba solo. *"Esos ojos que tiernamente lo miraban desde la escalinata de la antigua iglesia dormida".* Intentó eludir esas sensaciones, pero esa mirada era cada vez más penetrante. Nunca pensó que la Atlántida pudiera estar tan cerca y comprendió que, desde que relegaron su pueblo al olvido, una parte de sí mismo también se perdió para siempre.

Un escalofrío lo recorrió de arriba abajo: *¡las aguas comenzaron a agitarse entre las burbujas de aire que escapaban del fondo del lago!* Avanzó con cautela, tanteando el firme de barro pegajoso y resbaladizo a cada paso, lentamente, muy despacio, los ojos perdidos en la profundidad de aquel abismo que ahora sí era capaz de percibir. Y de repente, aparecen ondas en la superficie, a unos metros, y de la nada van surgiendo las ruinas de su casa. Alguna vez soñó historias de piratas, con tesoros hundidos, pero jamás que ese tesoro pudiera convertirse en su hogar.

Y desde ese día, se convirtió en un espectro perdido en esas calles que ya no llevaban a ningún sitio, silenciosas, anegadas por las aguas, y pensó:

–Pero, si me han robado mi Isla, si no hay tierra ni horizonte, ¿dónde voy a vivir siempre?.

EL CIELO SEGÚN BASHIR

Clara Reig Palau

Entre los bellos valles de Astros y Feth, allí donde se levanta el páramo de Hermesight, un hombre conocido como Bashir practicaba el preciado arte de la iniciación desde tiempos tan remotos como ignotos. Lo que para todo el mundo suponía uno de los días más importantes en la vida, para él se había convertido en una tarea monótona y tediosa. De esta manera, su imposibilidad por compartir la alegría con los iniciados le entristecía cada vez más, hasta tal punto que día tras día se veía perecer otro poco. Al final de esa jornada, cuando el sol empezaba a tornarse del color del melocotón, Bashir asistía a la última iniciación del día. Poco se imaginaba entonces cuán especial iba a resultar...

- Tengo miedo que me duela – dijo Vanish en un susurro, mientras se desnudaba.

- Todos lo tienen –. Afirmó con rudeza Bashir, quien advirtiendo la mueca de horror en el rostro de la chica optó por añadir – Pero estate tranquila, la mayoría ni sangra.

- ¡¿Sangrar?! – Vanish se recogió en sí misma y agachó la cabeza. Cerró los ojos con pavor mientras dos lágrimas de puro pánico empezaron a asomarse de entre sus pestañas.

Bashir suspiró con impaciencia, y se guardó otra vez el bisturí. Pensó que en esa ocasión tendría que ir con más calma, y por lo tanto el proceso iba a durar más de lo previsto. Estaba cansado y quería acabar cuanto antes, pero la experiencia le advertía que las prisas siempre acarreaban más demoras. Así pues, haciendo gala de una amabilidad más pragmática que sincera, se agachó cautelosamente para consolar a la pobre chica, agarrándola de un hombro con suavidad.

- Vamos, de verdad no te va a doler lo más mínimo. Soy el mejor en esto, así que no debes preocuparte, ¿de acuerdo? Vanish pausó su llanto y alzó la mirada hacia Bashir a quien los ojos cristalinos y desconfiados de la muchacha, le evocaron de manera repentina a él mismo en ese instante exacto. Casi lo había olvidado y el recuerdo le cruzó el pecho tan inquisitivamente como un bala. Su agitación inicial, dio paso a una calma poco común en él, pues reconoció en la joven sus propios miedos, ahora abandonados por una experiencia en demasía que había adormecido diligente su capacidad por sentir. En ese instante de recuperación de algo más que la propia identidad, Bashir decidió que con esa chica iba a aplicar toda la maestría que poseía, y esa súbita convicción lo reconfortó cálidamente.

- Ven, mira – la calmó –. Te voy a explicar cómo va, ¿de acuerdo? – dijo Bashir mientras se sentaba al lado de ese rostro temeroso, las piernas colgando en el acantilado.

Vanish asintió, aún mirándolo dudosa y con las mejillas húmedas por las lágrimas, pero optó por acomodarse a su lado. Viéndola más dispuesta, Bashir volvió a coger su bisturí y se lo mostró a la joven. Luego, sujetó con cautela sus manos temblorosas y posó el instrumental sobre ellas. La chica respiró con fuerza y observó aquel hilo metálico de peso menor a una pluma de ave Fénix.

- ¿Ves lo pequeño que es? – preguntó Bashir, sonriendo a la muchacha que asintió repetidamente. – Pues bien – agregó –, imagínate lo pequeños que deben ser los cortes que puede realizar.

Vanish se lo quedó mirando reflexiva unos segundos, no obstante un pensamiento, una palabra más bien, cruzó su cabeza y repentinamente balbuceó:

– Ya. Pero…¡¿Y la sangre?!

Bashir sonrió porque el espanto de la chica le despertaba una ternura que iba mucho más allá del horizonte esbozado ante ellos, donde el sol estaba a punto de ponerse y su luz almíbar se había tornado de un rojo otoñal, casi sangrante. Pensó que debían darse prisa, pero aún tenía que convencerla, y debía hacerlo bien. Muy bien.

- Algunas personas al hacerles las incisiones sangran – explicó prudente –, pero no es nada que no cicatrice solo. Además, una vez las alas se despliegan uno se olvida por completo del mínimo dolor que pueda sentir – añadió Bashir inclinando la cabeza hacia la chica. No obstante, viendo que ésta seguía sin estar muy convencida, prosiguió – De verdad. Confía en mí. Ya verás. No tardaremos más que El Canto. Mira, si quieres puedes probarlo…¿Sabes cantarlo?

Vanish asintió fuertemente y Bashir volvió a sentir ese calor que a uno a veces le funde el corazón, y que cuando pasa, puede volverlo una gélida piedra. Esa vez, pero, el calor permaneció bastante tiempo en el interior de Bashir.

Mientras reflexionaba acerca de las palabras del iniciador, la joven miró al horizonte y parpadeó un par de veces. Luego entornó la cabeza para mirarlo y sonrió ampliamente, mientras sus manos juntas le retornaban el bisturí. Bashir se puso serio, pues sabía que eso era símbolo de la decisión a ser iniciada. Vanish, por su parte, se tumbó de espaldas a él y se retiró el cabello para que los bultos en su dorso quedaran bien a la vista.

- ¿Preparada? – preguntó Bashir, arrodillado detrás de ella

–. Vanish asintió con un golpe de cabeza seco y corto, como si fuera el capitán de un ejército y diese permiso para atacar. – Bien – añadió él, mientras la joven cogía aire fuertemente.

Su espalda se ensanchó y él la observó detenidamente, eligiendo bien dónde hacer las incisiones para causarle el menor daño posible. Las alas estaban a punto de salírsele, así que con cortes de poca profundidad ellas mismas ya empujarían la piel hacia fuera, haciéndose camino para el exterior. Pensó aliviado que no le dolería nada. Aún así, iba a extremar su cuidado.

– Pues cuando quieras, puedes empezar. No hay prisa – añadió en última instancia, aunque sabía que no tenían mucho tiempo, ya que la luz había empezado a azularse.

Vanish comenzó a entonar suavemente la melodía de El Canto. Su voz, apenas perceptible, llenó cada rincón del valle hasta más allá del acantilado. Bashir pensó que la suya era una de esas voces capaces de atravesar cuerpos y elementos y colarse en la mente de uno, posándose en algún recoveco para restar allí eternamente. Era de ese tipo de cantos que podían no recordarse, pero nunca olvidarse, pues al volverlos a oír, uno lo sentía todo como en la primera vez. Estos pensamientos lo distrajeron por unos instantes, no obstante, recuperó el control de su mente justo cuando la voz de Vanish empezaba a agudizarse debido a los nervios de la espera. Decidió que ése era el momento. Posó una de sus grandes manos sobre la espalda de la chica quien se encogió un poco más.

Dándose cuenta, él la acarició suavemente, trazando círculos sobre su piel.

– Más fuerte, que no te oigo – la instó Bashir.

Quería que la muchacha se concentrara al máximo en El Canto y olvidara la intervención. Vanish le hizo caso y justo cuando empezaba el estribillo, Bashir le practicó la primera incisión. Como sospechaba hizo falta un corte bien pequeño y superficial para que la primera ala empezara a surgir. Antes que Vanish se diera cuenta de lo que sucedía, practicó un segundo corte, y aún no había llegado al final del estribillo que las alas de la joven se desplegaron ágilmente ante la maravillada mirada de Bashir.

Nunca, en todos sus años de practica, había presenciado tal hermoso espectáculo. Las alas más blancas y perfectas que había visto jamás se extendían desde una pequeña espalda hacia los extremos del páramo de Hermesight, cubriéndolo todo. Los dedos brillantes del astro mayor y el canto suave de la muchacha completaban una estampa que impregnó las retinas de Bashir, privándolo de habla y casi de respiración.

Vanish paró de cantar cuando algunas plumas cayeron y revolotearon a su alrededor.

En ese instante se dio cuenta que sus alas habían surgido por fin. Se levantó asustada y excitada a la vez. Y se volteó hacia Bashir que aún intentaba comprender como tal preciosidad no era pecado, preguntándose si era posible morir por presenciar una visión tan arrebatadora.

Vanish se tocó las alas con cautela y sonrió como una niña.

- ¡Son suaves! – exclamó mirándolo.

Su sonrisa lo inundó por completo y creyó que sí, que efectivamente uno podía morir por tanta belleza. Sorprendentemente, eso lo alivió y notó como las grises manchas de su corazón iban despareciendo una a una. Sonrió absurdamente y miró a Vanish girar sobre sí misma riendo y tocándose las alas. Una tranquilidad que reconoció amiga, empezó a llenarle el pecho y pudo apreciar con afecto todo aquello que lo rodeaba. Recordó, además, que ésa era la última intervención del día y que por lo tanto, tendría toda la noche para regodearse en sí mismo y la felicidad del instante vivido.

De repente, pero, Vanish se paró en seco y lo miró, otra vez, su rostro lleno de temor.

Bashir se asustó también. Pues, ¿qué podía estropear ese momento?

- Dime – le apresuró él – ¿Qué ocurre? ¿Te sientes mal? – Estaba inmóvil y ni podía mover las piernas para asegurarse que los cortes no sangraban o supuraban.

- ¿Y ahora qué? – preguntó la muchacha dejando caer sus brazos a ambos lados, con lo que sus alas también descendieron, plegándose despacio.

- ¿Cómo? ¿Qué de qué? – preguntó extrañadísimo Bashir. No entendía lo más mínimo y por mucho que se esforzase, la pregunta lo había descolocado por completo.

- Ahora, ¿qué debo hacer? ¿Cómo…? ¿Qué hago? ¿Debo correr antes o darme impulso o simplemente saltar al vacío? – Vanish pronunció esta última palabra casi en un susurro.

El balbuceo incoherente de la joven tranquilizó de golpe a Bashir. No tenía nada que ver con la intervención. Lo había hecho bien. La mejor de toda su carrera. La duda era parte lógica de toda iniciación y eso él podía comprenderlo. Como aún se sentía enamorado por el momento, no le costó nada ser afable con ella y en un tono abierto y sincero le respondió:

- Pues cada uno tiene su método. Nadie lo sabe. Lo importante es: tú, ¿qué quieres hacer?

- Pues… – reflexionó la chica – Yo quiero quedarme aquí un rato más – y se sentó en el borde del acantilado, con el sol a punto de despedirse.

Bashir sonrió tanto que pensó que su cara era demasiado pequeña para tanta sonrisa.

Otra vez, la ternura hizo que se sentara al lado de ella, los pies colgando en el acantilado.

Entonces suspiró tranquilamente y añadió como quien dice algo al aire, sin esperar ser escuchado:

- Bueno, puedes hacer eso, claro está. Nadie va obligarte, si tu no quieres, pero…– y realizó una consciente pausa dramática. Eso le agradó, pues se reconoció divertido, como hacía tiempo que no le sucedía.

Miró de reojo la cara concentrada de Vanish, y supo que su mente cavilaba mil y una posibilidades, la mayoría equivocadas aunque por fin…Dio con la correcta, puesto que le agarró fuertemente la mano y lo miró esperando oír unas palabras finales que la convenciesen. Y Bashir, que en el fondo era muy bueno, se las ofreció.

- Tan solo puedo decirte que no hay nada más grato que sentir el viento deslizarse entre tus alas y experimentar como todo tu cuerpo se ve elevado ante este mundo que, créeme, es extraordinariamente fascinante.

Al oír ese poema a la vida, Vanish soltó su mano y sin

más dilación se dejó caer al vacío. A Bashir el estómago se le hizo un nudo, puesto que el sentimiento de ella era tan puro que lo sintió como suyo. Sufrió lo que ella sufrió durante la caída y más aún, pues estaba a la expectativa. Pero al ver alzarse el cuerpo bello de la joven con sus alas batiéndose decididas en dirección al cielo, se serenó por completo y dejó que esa imagen lo abrazase libremente. Vanish se volteó tímidamente hacia él y desplegó las alas completamente, luego cerró los ojos y se dirigió hacia la luna para a continuación, descender haciendo piruetas y jugando a probar su nueva naturaleza.

Bashir restó allí, al borde del acantilado, un rato más, satisfecho y orgulloso. Internamente confirmó que sí, que ésa había sido, sin duda alguna y después de la suya, la más memorable de todas sus iniciaciones. Y con ese pensamiento se dejó caer también, para sentir así el aire fresco de las colinas rozar todas y cada una de sus ajadas plumas.

www.ingramcontent.com/pod-product-compliance
Lightning Source LLC
Chambersburg PA
CBHW060650260626
47161CB00008B/3075